AF166213

# Les C.V*

## *Confessions du Vagin

### Serena Davis

# SOMMAIRE

# Préliminaires

Cette partie aurait pu s'intituler « introduction » ou encore « prologue » mais, compte tenu du sujet abordé, c'est tout naturellement que j'ai choisi de l'appeler « préliminaires ».

Avant de vous nourrir d'anecdotes croustillantes concernant les hommes, je vais essayer, sans vous raser, de me présenter.

## Qui suis-je ?

Moi, c'est Cynthia, célibataire parisienne, résistante à la vie de couple.

Je pense, donc j'écris. Des nouvelles, des comédies et des romans sur des sujets sérieux, tels que celui qui m'intéresse ici, le sexe ; qui m'intéresse tout court, en fait. Tous mes romans parlent de sexe, ce qui, venant d'une femme, même au XXIe siècle, continue de choquer. J'entends déjà les protestations de parents exemplaires - qui ont sûrement trouvé leurs gamins dans les choux - ou l'indignation d'une amie intouchable qui n'a jamais eu de sperme sur la joue.

Pour ces gens, la vie elle-même est un sujet tabou.

Mon âge ? Au fond, on s'en fout. Les femmes qui sont dans ma tête et qui se *con-fessent* dans ce recueil de textes ont tous les âges : 20, 30, 40… Bon, j'admets, les mineures, on les a écartées.

Mon orientation sexuelle ? Si ces textes sont, pour la majorité, hétéronormés, c'est parce qu'ils ont pour objectif de souligner, avec dérision et sans accusations, les différences fondamentales entre les hommes et les femmes (si si, je vous jure, il y en a !). Ce qui ne renseigne en aucune manière sur mes préférences sexuelles. Vous seriez surpris, je ne suis pas difficile.

**Est-ce que ces histoires sont vraies ?**

D'aucuns se demanderont si ces anecdotes sont inspirées de mon expérience personnelle. Si je répondais oui, je n'aurais plus qu'à aller me réfugier tout droit au pôle Nord. Bien que je sois photophobe, les gelées extrêmes ne sont pas trop mon kif. Alors bon...

Tant pis si je traumatise Huguette et ses petites fleurs, elle n'a qu'à fermer les yeux.

Si je dis que ce n'est pas moi, personne ne me croira.

Je vous embrouille, n'est-ce pas ?

*Allez, encore une fois, on s'en fout. Accouche !*

Non, pas de bébé en vue : je ne couche pas sans capote. PRÉ-VEN-TION (on n'en parle pas assez dans les livres).

**Pourquoi ce livre ?**

Pour deux raisons (que l'on juge bonnes ou pas) :
1. Parce que ça fait du bien.
2. Parce que ça ne fait pas de mal.

Bien sûr, ces textes n'ont pas de valeur universelle : il convient de ne pas généraliser. Et puis, ces petites anecdotes drolatiques pourraient, dans la plupart des cas, aussi bien s'appliquer aux femmes.

## Pourquoi ce titre ?

Bien que notre siècle s'attache à la diffusion des valeurs de respect de la diversité sous toutes ses formes, nous vivons dans un monde qui voue un culte à la performance. Les mecs voudraient être les meilleurs et les nanas continuent d'évoluer selon la logique du « faire plaisir ». Ce contraste entre ce que l'on voudrait faire et ce que l'on fait pour plaire provoque un profond malaise qui n'aide en rien les relations entre les deux sexes.

Il est temps de casser nos coquilles, de libérer la parole du sexe féminin, pour que ce ne soit pas un monologue. Parlons sexe, parlons bien, osons dire les choses, confessons-nous sans tabou, vagin braqué et haut les seins !

## Pour qui ?

Pour celles et ceux qui ont besoin de s'évader à travers des lectures légères.

Si vous êtes une fille, à déguster avec une boisson chaude et une pâtisserie, pas épilée, cheveux en vrac avec de grosses chaussettes Garfield !

Si vous êtes un garçon, ah bah, ne changez rien !

Fin des préliminaires (un peu, mais pas trop quand même), il est temps de passer à l'acte.

# Cul-tivez-vous !

Nous, les femmes, n'avons pas la même notion du temps que les hommes.

Nous, les femmes, cherchons à jouir. La jouissance des hommes, au fond, on s'en fiche un peu[1].

Les hommes, eux, cherchent à nous faire jouir, ils disent que c'est ainsi qu'ils prennent du plaisir.

Jusque-là, vous me direz, tout va bien : tout le monde est content !

En effet, c'est ensuite que l'affaire se complique. Une fois que la femme a joui, l'homme pourrait venir, lui aussi. Tout le monde repartirait comblé. Emballé, c'est pesé !

Il y a des hommes qui semblent ne pas comprendre quand c'est fini. Ces hommes s'appellent eux-mêmes des « endurants ». Mais ce sont les femmes qui endurent ces hommes qui durent !

Quand un homme me dit qu'il est « endurant », je fuis. Je sais qu'à un moment je vais finir par me faire chier.

Seulement voilà, ils ne le disent pas toujours.

Vous faites l'amour, c'est chaud, c'est bon, vous prenez votre pied et vous vous tortillez pour faire venir le mec. Et là, il continue, continue, continue, semble ne plus s'arrêter.

---

[1] Une étude réalisée par Lelo en 2019 a révélé que seules 18 % des femmes atteignaient l'orgasme pendant la pénétration.

Vous vous cambrez, vous remuez de plus belle. Vous avez mal à la chatte ! Et surtout, vous n'avez pas que ça à faire. Mais non, tout content, le mec sourit comme un con.

Au début, vous le trouviez mignon et c'était bon. Vous le regardiez avec admiration. Vous savouriez ses attentions. À présent, dans votre tête, vous le traitez de tous les noms : « Mais tu ne vas pas bientôt finir, espèce d'****** de ***** ? »

Eh bien, moi, j'ai trouvé une astuce. Je me cul-tive !

J'apprends des poèmes. J'aime bien. En ce moment, j'étudie *Elsa* d'Aragon. Quand un mec est trop long, je récite mes strophes. De cette façon, je me tire en pensées, à défaut de me tirer physiquement.

Et puis, quand je récite un poème à un homme pour le séduire, cela me fait rire de me dire qu'il n'a même pas idée du nombre de mecs que je me suis tapés pour pouvoir le lui dire.

# Plan B

Je n'ai jamais aimé les plans B.

S'il y a plan B, cela signifie que le plan A n'a pas marché. Le plan B est le second choix, celui que vous prenez à défaut du premier. Je ne fais pas dans le second choix. Seulement, parfois, ben je n'ai pas le choix du choix, je me résigne à B ! C'est bien un truc d'hommes d'inventer des plans B quand le plan A fonctionne...

L'avantage des rencontres sur Internet – parce qu'il y en a tout de même – c'est qu'elles peuvent être programmées. C'est comme être au restaurant et choisir ses plats à la carte. Une fricassée d'asperges sur un petit œuf mollet, accompagnée d'un petit nuage de mayonnaise en chantilly (vous remarquerez que j'invente n'importe quoi, voilà pourquoi je n'ai pas choisi l'orientation cuisine), un pavé de saumon sur lit de riz et ses petits pois et un flan pâtissier (ceux qui me connaissent savent que je ne jure que par ce dessert-là). Bref, au restaurant, c'est royal : on prend ce qui nous plaît, et il n'y a, en théorie et à moins que le cuisto ne soit complètement gauche, pas de mauvaises surprises !

Les rencontres sexy, c'est pareil : un petit scénario tout prêt avec un gars sélectionné sur photo. De l'apéro au flan, il y a vraiment moyen de préparer le rencart parfait. C'est oublier un élément : l'autre.

Je me souviendrai toujours de mon plan B le plus foireux. C'était sur un site dont, par respect et pour ne pas faire d'un cas particulier une généralité accusatrice, je tairai le nom. Ma recherche était claire : passer une soirée agréable, romantique, sans lendemain. C'était écrit noir sur blanc dans ma description.

13

« Jeune *(la jeunesse est une question de point de vue)* femme cherche homme courtois pour passer une soirée romantique et agréable. »

Voilà. Rien de plus, rien de moins.

Évidemment, plusieurs hommes répondent à l'appel. Tous aussi chou les uns que les autres. Dans cette nébuleuse de gentilshommes, un profil particulier sort du lot. Hervé, pompier, trente-neuf ans, retient tout de suite mon attention. Sa proposition ? Une soirée dînatoire chez lui, champagne, petits canapés, musique d'ambiance, massage sur lit de pétales de roses et plus, uniquement si affinités. Waouh ! Je crois rêver. En plus, le mec est beau, musclé, l'archétype du pompier. Je cille à la manière de Betty Boop.

Toute l'après-midi, je me pomponne, je me prépare. Rendez-vous rue de Rennes où le charmant éteigneur de feu m'attend sur son scooter.

Tandis que je me préparais, il n'a pas cessé de m'envoyer des photos du fameux TMAX dont je n'ai, entre nous, jamais eu rien à battre.

J'arrive à l'heure prévue, épilée, apprêtée, parfumée. Je sors du métro Montparnasse, je m'approche du point de rendez-vous. Devant l'UGC, j'aperçois un bel homme, grand, brun à la mèche rebelle, terriblement sexy avec son blouson en cuir sous lequel je devine des biceps gonflés à bloc. J'imagine déjà le beau retour veineux de ses bras puissants à l'effort.

Quelle chance ! À l'intérieur de moi, ça fourmille.

Seulement voilà. La vie n'est pas un conte de fées. Je vais vite déchanter. J'entends vrombir le moteur d'un gros *scoot* qui s'arrête sur le trottoir juste devant moi. Je n'ai pas encore vu le mec, pourtant, première déception : ce n'est pas le beau brun musclé qui est là. D'ailleurs, une jolie sirène le rejoint. Bon, tout n'est pas perdu. Mon galant pompier descend du scooter. Il est tout petit. On est loin du mètre soixante-quinze qui apparaît sur sa fiche. Tolérante, je me dis qu'après tout, moi non plus, je ne suis pas très grande. Je ne vais pas lui faire la leçon du haut de mon mètre soixante (ou presque).

Il retire son casque.

Mouvement de recul de ma part, enfin, à l'intérieur de moi-même. Je ne sais pas si ça s'est vu à l'extérieur.

À la place du beau pompier musclé que j'imaginais, j'ai devant moi un petit homme chauve, trapu, bien plus vieux que son âge « déclaré ».

Dans ces cas-là, vous avez deux options :

— Option A : vous fuyez, vous avez encore le temps ! Vous préférez passer la soirée seule qu'avec un homme au profil bidon.
— Option B : vous vous dites que le physique ne fait pas tout, et que vous allez peut-être, après tout, passer une superbe soirée. Vous pensez au contexte du plan A.

N'importe quelle femme aurait choisi l'option A. Bien sûr, je choisis l'option B.

Tout de suite, l'homme se présente. Je me dis qu'il est vraiment laid. Rapidement, il me reparle de son scooter. Son prix, sa valeur, sa puissance. Oui, oui, ok. Je pense à mon massage. *Bon, on y va ?*

Je monte derrière le scooter. Hélas, nous n'allons pas très loin. Au premier feu rouge, il tourne sa tête casquée vers moi (je me dis d'ailleurs que le casque lui va mieux) et me dit :

— Bon, j'ai un peu changé les plans.

— ...

Là, évidemment, je commence à paniquer.

— C'est-à-dire ?
— Ha, ha, surprise !

Surprise ? Une surprise qui change la surprise, ce n'est plus la même surprise. C'est comme si le restaurateur m'avait dit : « Il n'y avait plus de saumon, je vous ai mis du thon ». Ce n'est pas tout à fait pareil. Mais encore, du thon, ça passe. Là où ça commence à puer, c'est quand, à la place du thon, on te propose du saucisson.

C'est à peu près ce qui s'est passé ensuite.

Direction le pont Alexandre III. Mon motard gare son super TMAX au-dessus du pont et, hélas, retire son casque. *Non, non, remets-le...*

Il ouvre alors les deux grosses sacoches de son scooter et en extrait une bouteille de vin rouge, un sac de verre brisé – *effectivement, emmener deux verres à pied dans un scooter en marche* ! – et un petit panier en osier.

— Bon, me dit-il, pour les verres c'est foutu, mais heureusement, j'avais prévu des gobelets.

J'hallucine, le mec est en train de me dire qu'il avait prévu qu'il casserait ses verres, mais qu'il les a pris quand même !

Bon. Je commence à comprendre qu'en lieu et place de l'apéro sélect, je vais me taper un pique-nique avec Charles Ingalls.

On n'en est pas loin.

Nous descendons sur les quais de la Seine. Il y a foule. De nombreux jeunes sont venus prendre l'apéro. On ne portait pas encore de masque à cette époque.

Dommage, là, ça m'aurait arrangée !

Après avoir étalé une petite serviette à carreaux rouge et blanc, mon petit échanson me sert un gobelet de vin rouge. Autant vous dire que, dans un gobelet, même un bon vin a l'air d'un vieux pinard tout rouillé ! Mais bon, soyons gentils.

Je vous promets, j'ai essayé… j'ai vraiment essayé…

Mais voilà qu'après m'avoir parlé de ses enfants, il se met à me raconter l'histoire de ses relations particulières avec sa grand-mère. Mais genre pas juste un peu. J'ai droit à trente minutes sur la vieille.

Moi qui ne mange jamais de chips (je fais attention à ma ligne), je descends le paquet en un clin d'œil. Et trois verres de vin !

J'essaie d'écourter et, parce que le vin me monte à la tête et que j'ai vraiment faim, je suggère :

— Bon, et si on allait manger ?
— Ah, mais tu as déjà fini tes chips ?
— …
— Ne t'inquiète pas, j'ai du saucisson !

Et là, le coup de trop : le mec me sort un vieux saucisson puant qu'il brandit sous mon nez en souriant comme un con. On est loin de la version "champagne - blinis saumon" !

Là, je ne peux plus. Ma libido n'est plus au point mort, elle est en dessous de zéro, retombée comme un soufflé raté.

— On y va ? demande-t-il.
— Euh, oui…

Une fois que nous arrivons en haut, mon « oui » hésitant se transforme en un « non » ferme.

— Écoute, je ne peux plus te suivre.
— Comment ça ?
— Ben, tu sais, le pique-nique, la grand-mère et tout, ce n'est pas vraiment ce qui était prévu... du coup, je n'ai plus très envie, à présent.
— T'es sérieuse ?

Le mec se vexe.

— Oui, je suis sérieuse. Peux-tu, s'il te plaît, me ramener au métro ?

Là, coup d'accélérateur du mec frustré qui me déverse comme un sac poubelle à l'entrée du métro. Mais ouf ! Je l'ai échappé belle.

Une fois rentrée chez moi, je consulte mon téléphone. Quarante messages ! Deux avec photos. Je gagne du temps, j'ouvre les deux derniers, ceux qui contiennent les photos.

Je lis :

« Tu ne sais même pas ce que tu as loupé, tu vas regretter. »

Sur la photo, un bouquet de roses rouges.

*D'accord...*

Je hausse les épaules, ouvre le suivant, curieuse de savoir ce que j'ai loupé d'autre.

Je lis :

« Là, tu vas voir ce que tu as vraiment manqué ! »

Second avertissement. Attention...

Et là, je crois halluciner !

Dans son écrin, une véritable bague… de fiançailles !

Je n'avais jamais vu le mec avant.

J'ai moins regretté le pique-nique. Finalement, le plan B m'a sauvée du plan A.

# Conte de Morphée

On m'a trop longtemps martelé la tête avec des contes de fées. Lorsque j'étais petite, les dessins animés modernes à la *Mulan* ou *Rebelle*, ceux où les filles s'émancipent, n'existaient pas. Du temps de mon enfance, les petites filles écarquillaient de grands yeux devant des princesses sauvées de leur détresse ou réveillées d'un long sommeil par des princes beaux, preux, courtois et ténébreux.

La vie m'a un peu endurcie. Comme dirait un de mes ex : « le Choco Prince, c'est au rayon gâteaux. » Inutile de vous dire que lui n'est pas un prince, comme beaucoup d'autres. Je ne me gave pas de biscuits pour autant !

Mes aventures amoureuses, toutes avortées jusque-là, auraient dû me servir de leçon. Mais non ! Par moments, mon cerveau me joue des tours et continue de me faire croire qu'un miracle se produira, comme une résurgence de mes rêves d'enfant.

Alors que je suis assise dans le métro, à la station La Défense, un jeune homme s'installe face à moi.

Il me regarde de ses beaux yeux noirs. Il a le teint hâlé, des cheveux ébène légèrement bouclés, le visage anguleux et un nez aquilin ; un charme exotique. En tailleur jupe, mon petit attaché-case aux pieds, j'ai la tête encore un peu au bureau. Je ne me sens pas l'âme vagabonde, je ne me sens pas le cœur léger. Lui, si. C'est un peu déroutant. C'est aussi très excitant. Ignorant les gens autour de nous, le beau gosse me drague ouvertement.

— Bonjour, me dit-il d'un accent suave, je m'appelle Badre.

Je réponds timidement.

Je baisse les yeux vers le sol, me demandant ce que les gens autour de moi vont penser. Ça, c'est ma façade « sainte nitouche ». En apparence, dure comme le roc. Au fond de moi, je jubile et je suis déjà toute gaga. Un vrai chamallow.

Un prince saharien. Dites-moi que je rêve ! Je me pince. Non, non, tout est vrai. Il est bien là.

> — Vous êtes très jolie. Je voulais vous le dire, j'aime beaucoup votre visage et votre couleur de cheveux. Un vrai soleil !

Je me teins les cheveux au henné d'Égypte. Ça ne les abîme pas et ça leur donne une couleur feu. À ces mots, je plastronne !

Il me semble que je rougis. Je réponds timidement :

> — Merci.

Timidité d'apparat. Je crève d'envie de mordre à l'hameçon ! Parfois, on aurait juste envie de faire disparaître les gens autour de soi. La pudeur me retient.

Je ne sais pas s'il s'en aperçoit. Toujours est-il que sa carte de visite apparaît sous mes yeux. Je feins la surprise, l'air limite outré. Je la prends quand même et la range prestement dans la poche extérieure de mon sac à main, l'air de dire « Bon, je prends, mais c'est pour jeter plus loin ».

Arrivée à la station Charles de Gaulle - Etoile, je checke sa carte. Badre Khoury, sculpteur. En deux secondes, je trouve sa trace sur Internet. Il possède un site où il présente son travail, des sculptures monumentales. Quelques articles de presse à son actif. Un artiste syrien connu au talent reconnu. Mon prince !

Je me demande à quel moment il convient de le contacter. Si je l'appelle tout de suite, ça fait un peu morfale. Non, je vais attendre un peu. Un jour, une semaine ? Bon, je l'appelle tout de suite !

Répondeur. Je laisse un message.

« Bonjour Badre. Nous nous sommes vus dans le métro. Je suis désolée, il y avait du monde, je me sentais un peu gênée. Je serais ravie que vous me rappeliez. Je vous laisse mes coordonnées : 06 44 64 90 21 (au cas où les lecteurs chercheraient à me joindre à ce numéro, ils pourront laisser leur message sur la ligne « anti-relous » de France Info. Je n'allais tout de même pas publier le mien ! Pour l'avoir, cherchez-moi plutôt dans le métro).

Quelques minutes plus tard, Badre me rappelle. Eurêka ! Je ne cache pas ma joie. Je bafouille. Super, comment paraître plus crétine que ça ? J'ai envie de me mettre des baffes.

« Ah oui, oui, un verre vendredi soir ? Ah oui, bien sûr ! Dans le douzième ? Oui, euh… bon, d'accord. »

Je raccroche. Comme une débile, j'ai dit oui à tout. Le 12ᵉ arrondissement, c'est juste à l'opposé de là où j'habite. No comment ! Voilà, un mec me plaît et moi, au lieu de résister un peu, genre tu ne m'attraperas pas comme ça, je m'aplatis, je rampe. Une vraie petite chenille !

Jour J. Je le retrouve à la station de métro Nation. Je suis tout apprêtée, toute jolie. Mon Dieu, j'avais oublié qu'il était si musclé. Pectoraux dessinés sous un T-shirt blanc moulant et biceps débordants, jean et petites tennis de ville, il est trop sexy ! Je fonds. D'habitude, je suis sûre de moi. D'habitude, je domine, car je sais d'avance que la relation ne mènera à rien. Mais lui semble réunir toutes les qualités du monde. Il m'intimide. Cette fois, c'est différent. C'est certain.

Mais très vite, le rêve se floute et l'affaire se complique.

Nous cherchons un bar.

> — Ça te dérange si on se pose dans un bar sans alcool ?
> — Non, pas du tout.
> — Je veux dire… un bar qui ne vend pas d'alcool.
> — Je ne comprends pas.
> — En fait, j'aimerais un truc sain, genre cocktail de fruits frais.

Après quelques minutes de marche, on finit par trouver un bar à smoothies. Cela semble convenir à Monsieur.

En même temps, un homme qui prend soin de lui, c'est plutôt charmant, non ?

Je me tiens en face de lui, il prie. Je jette un regard convoiteux sur ses avant-bras. Ils sont poilus et entourés de bracelets en cuir torsadé. Mon péché mignon. Je les imagine déjà enserrant mes poignets, les veines gonflées. Non, non, restons calmes. On fait connaissance, là. J'ai besoin d'une douche froide…

> — Qu'est-ce que tu fais dans la vie ?
> — Je suis écrivaine. Et toi, tu es sculpteur alors ?
> — Oui. Mais je n'en vis pas. Je fais autre chose à côté. Je suis ingénieur dans une boîte de fabrication de composants électroniques.
> — En tout cas, tes sculptures sont magnifiques ! Je pensais même que tu étais célèbre.
> — Oh, mais je le suis ! Mon travail est reconnu, mais le talent ne rend pas riche pour autant. On vit rarement de sa passion. C'est difficile. Je vends quelques toiles, mais pas assez pour ne faire que ça. En dehors de l'écriture, tu as d'autres passions ?
> — Oui. Je lis. Beaucoup. De la littérature classique, plutôt, et surtout des…

Il me coupe. S'empare de nouveau de la conversation.

— Connais-tu le yoga Zarala ?
— Euh… non…
— C'est une méthode qui vient d'Inde. Elle a été inventée par Zaroi, maître spirituel international. Elle a fait des adeptes dans de nombreux pays. En France, nous sommes 6 000 à le suivre. Il y a souvent des rassemblements à Paris. Le weed-end prochain, si tu veux, il y en a un.

Un gars qui aime les smoothies et le yoga, après tout, ça change !

— Sinon, d'autres passions ?
— Non, je ne peux pas.
— Pourquoi ?
— Parce que cette discipline demande beaucoup de disponibilité.
— Comment ça ?
— Je vais te montrer !

Il sort son téléphone, me montre une appli nommée « Zaroi ». Le logo est un dessin de vieux sage en méditation, à la tête enturbannée. Ce gourou a tout compris. Je me demande combien d'argent le mec soutire à ses adeptes.

— Ça, tu vois, me dit-il, c'est mon exutoire. Ma respiration. Mon inspiration aussi. La méditation, c'est la clef qui ouvre toutes les portes. Tu devrais essayer. Je peux t'emmener avec moi, si tu veux.
— Oui, bon, on verra… Donc, l'application te dit comment méditer ?
— Non, elle me dit quand le faire. Il n'y a pas d'exercices pour méditer. Il faut juste se laisser aller. Fermer les yeux et partir.
— En gros : dormir.

— Non. Ce n'est pas pareil.
— Ah.

Je commence à m'impatienter un peu. Non pas que ses histoires de gourou *chelou* ne m'intéressent pas, mais... comment dire ? Misère, ô misère !

— Hum. Je commence à avoir faim, dis-je, pour écourter.
— Tu es libre à dîner ?

J'avoue que je ne sais plus quoi répondre. Mais il est vraiment canon !

— Complètement libre !

Encore une fois, je m'aplatis, je rampe.

Ça tombe bien, je connais un super restaurant, vers la place du Trône. Des plats bons et copieux, une adresse sûre. Je lui propose.

— Impossible, me dit-il, je suis végan.
— Végan ?
— Oui, végan. Il me faut donc un restaurant végan.

Il m'explique le véganisme.

Bon, je suis patiente, mais là, ça commence à être chiant. Bientôt, il va me dire qu'il ne mange que des aliments violets.

Heureusement, on est à Paris. Tout se trouve. Guidés par mon téléphone, on arrive dans un restaurant qui semble lui convenir.

On nous sert l'apéro. Je prends du vin, quitte à passer pour une pochtronne. Tant pis. Lui prend un jus d'ananas après s'être assuré qu'il s'agit bien de 100 % pur jus. Important. Il pourrait s'empoisonner avec le sucre.

Il me sourit. Un peu fatiguée de ses simagrées, je le trouve un peu moins charmant qu'au début. Je m'apprête à lui poser des questions sur son art ou parler des expos que j'ai vues pour voir ce qu'il peut m'apprendre. Enfin, merde, parler quoi !

Rappelez-vous : les Choco Prince, c'est au rayon gâteaux !

Son appli sonne une fois, deux fois. Je le vois faire une moue embarrassée. Il éteint son espèce d'alarme-vaudou et s'excuse. Nous commandons nos plats. J'avais envie de poisson, je me retrouve avec une bouillie de quinoa.

Le serveur repart avec la commande. Mon mâle syrien devient blême.

— Ça ne va pas ?
— Si… c'est juste que… mon maître me rappelle que je dois méditer. J'ai déjà manqué deux appels.

Sous-entendu : à cause de **toi**.

— Mais tu médites combien de fois par jour ?
— Assez souvent. Mais pas plus de trois heures.
— Trois heures… par jour ?

Je reste coite. Ce Zaroi à barbe blanche me chipe mon rencard.

— Oui, mais c'est deux fois moins que ce que je devrais faire. Après, avec le travail, ce n'est pas toujours facile.
— Tu m'étonnes !
— Du coup, ça te dérange si je médite un tout petit peu, là ?
— Là, maintenant, tout de suite ?
— Oui.
— Bon.

S'il n'y a que ça pour le mettre à l'aise, laissons-le fermer les yeux cinq minutes.

27

Volte-face !

— À dans vingt minutes ! me dit-il.

À ces mots, il ferme les yeux et… s'endort. Il se met même à ronfler !

Quoi ??? Non, c'est une blague. Ou un gag ! Où est la caméra ?

J'en ai vécu des choses, mais là… ça dépasse tout !

Le couple à gauche de notre table nous regarde. Le couple à droite aussi. Misère, ô misère ! Et je ne peux pas lui taper sur la tête… Badre… *please* ! Non, non, non ! Ça ne peut pas arriver, même dans les films ça n'existe pas ! Je me pince. Non, je ne rêve pas. *Help, SOS, Maydee* !

Le serveur apporte nos assiettes. Il me regarde comme pour me demander quoi faire. Je hausse les épaules et soupire. Il pose les assiettes en me jetant un regard désolé. J'ai envie de disparaître.

Je bois mon premier verre, puis un deuxième. Je mange en tête-à-tête avec un mec qui pionce.

Au bout de vingt minutes, mon prince au bois dormant se réveille, bâille, s'étire tranquillement comme un chat.

Je suis vénère.

— Je n'ai plus très faim, dit-il.

Je bous. De colère, de rage, de honte. Je suis, sans aucun doute, la risée de tout le restaurant. J'ai envie de lui casser la figure.

J'écraserais tous les paquets de chocos du rayon gâteaux !

On s'approche du comptoir. Au moins, j'ai gagné un restaurant… me dis-je pour me consoler.

— Qui paie ? demande le serveur.

Badre se tourne vers moi :

— On partage ?

Autant vous dire qu'il est allé dormir tout seul, celui-là, dans les bras de Morphée rejoindre Maître Zaroi !

# Pas volontaire

Les travaux et moi, ça fait deux. L'argent et moi, ça fait deux aussi. Alors le jour où je décide de changer mon parquet, c'est tout naturellement que j'emploie un mec au black (le Fisc m'excusera, nous sommes en juillet 2010, il y a prescription).

Je checke les annonces sur Lebonboin dans la catégorie « services ». Les offres défilent. Des pros et des moins pros. Peu m'importe, du moment que je règle en liquide, tout le monde acquiescera. On est dans le BTP. Black Très Pratiqué.

Je trouve une annonce intéressante. Un « homme à tout faire », pompier de métier, qui prétend s'y connaître en bricolage. Le mec propose ses services à dix-huit euros de l'heure. Je l'appelle.

Là, j'apprends qu'il a vingt-sept ans, qu'il est pompier, pas volontaire, professionnel, et qu'il bricole, d'abord par plaisir, aussi pour arrondir ses fins de mois. Je me dis que les temps doivent être difficiles pour les uniformes. Alors j'embauche Nathan. J'avoue aussi que l'idée d'avoir un pompier H24 chez moi me séduit.

Quelle surprise ! Blond, grand, musclé, le mec n'est pas du tout à cracher dans la soupe ! Rien à jeter. J'ai la langue qui pendouille.

Mais je suis la patronne. Je paie. Je prends mon rôle très au sérieux. Je lui dicte mes instructions.

Le deal est le suivant : il s'occupe tour à tour des trois chambres de mon appartement, oeuvre de 9 heures à 18 heures, de façon à s'aligner sur mes horaires de travail. Une pause de deux heures le midi. Je lui ouvre lorsque je pars, il part lorsque je rentre. Il n'aura pas de clef. Il devra rester sur « le chantier ». Il dit avoir besoin de quatre jours.

Le premier soir, à mon retour, il est encore là, occupé à poser le parquet dans la première chambre. Il fait chaud, il transpire. Son T-shirt blanc lui colle à la peau, épousant la forme de son torse musclé. Je bave, je vais finir plus mouillée que lui. Je détourne le regard, gênée. Je le laisse terminer. Il reste chez moi jusqu'à 19 heures.

Le second soir, rebelote. Évidemment, étant donné qu'il est payé à l'heure, je lui paie l'heure sup'.

> — Si je veux terminer en quatre jours, j'ai besoin de rallonger un peu, me dit-il.
> — Soit. Libre à vous.

Le troisième jour, je n'ai pas la tête au bureau. Je pense à mon pompier agenouillé au sol, le T-shirt trempé, les muscles saillants. J'ai envie de rentrer. À 17 h 59, je croise son regard vert. Il m'éblouit. Je me retiens. Plus qu'une journée à tenir. Non, pas possible, j'ai envie de lui. Oh, mon Dieu, quelle épreuve, je suis juste humaine !

Le dernier jour, pareil. Je ne pense qu'à ça, j'appréhende et je me dis aussi que c'est le dernier jour. Lorsque je rentre à 18 h, il est debout, en train de s'éponger le front. Il a retiré son T-shirt, il avait trop chaud. Je n'ai jamais vu autant d'abdos.

> — J'ai fini, me dit-il.
> — Non !

En deux temps trois mouvements, je m'approche de lui, je plonge mon regard dans le sien. Instinctivement, il me saute dessus, me conduit dans ma chambre à coucher. Là, il me fait l'amour comme un dieu. Fougueusement. L'attente a fait monter le désir et mon pompier a éteint ce feu qui brûlait en moi.

Lorsqu'il repart, je me sens bien. Soulagée. Puissante aussi, dans la peau d'une patronne qui a baisé son ouvrier.

Ou qui s'est fait baiser…

Car deux jours après, je reçois son décompte d'heures : cette heure passée ensemble, ce connard me l'a facturée !

# Ex-Town

Quand on rencontre quelqu'un, au début on a un peu l'impression de passer un entretien d'embauche. Dans toutes ces questions que l'autre vous pose, il y a celles qui semblent naturelles et pour lesquelles la réponse est simple (Comment t'appelles-tu ? Où habites-tu ? Quel âge as-tu ? As-tu des frères et sœurs ?), celles qui vous paraissent étranges, mais qui sont d'une importance capitale pour le questionneur (Quel est ton signe astrologique ? As-tu des tatouages ?), celles qui vous semblent complètement farfelues (Crois-tu aux fantômes ? Es-tu pour ou contre le clonage humain ?), celles qui sont parfaitement incongrues (As-tu déjà embrassé un chien ? Te caresses-tu le matin ?) et puis… il y a la question qui tue.

La question qui tue, c'est celle dont la réponse, quelle qu'elle soit, se retourne contre vous, comme une arme braquée sur votre tempe.

J'aurais pu prendre n'importe quel autre exemple, des questions qui tuent, j'en ai des tas en référence, mais j'ai choisi d'évoquer celle-là. Parce que celle-là, vous la connaissez tous. Chacun et chacune de vous l'a déjà entendue au moins une fois :

— Combien d'hommes (de femmes) as-tu eu(e)s avant moi ?

Ah, quand on me pose cette question-là, c'est toujours un peu l'embarras !

Si je dis, un, deux ou trois, voire dix (de nos jours ça passe aussi), je passe pour la meuf exigeante qui attendait son prince charmant.

Cela me gêne, pour deux raisons pas forcément évidentes. D'abord, parce que je mens. Les dix, je les avais déjà passés à l'âge de quinze ans. Ensuite, parce que le mec en face, si je lui dis ça, risque de se sentir tout puissant. Or, nous savons toutes comment se comporte un homme qui ne se sent pas sous l'ombre d'une menace : comme un goujat !

Le problème, c'est que la vérité n'est pas plus évidente. Que va-t-il se passer si je lui dis… 100 ?

Le mec se braque, se sent tout petit, bégaie, perd ses moyens, devient tout blanc. Pour ainsi dire, il ne s'attendait pas tout à fait à ça.

Lui, aurait préféré le scénario 1, celui du mec viril qui contrôle et soumet la nana.

Alors, il bredouille bêtement :

— Ah ouais, quand même !

Il perd son souffle, panique, ahane, il va me faire une crise cardiaque.

Et soudain, c'est le drame :

— Mais du coup, il va falloir que je sois vraiment performant !

On commence à voir apparaître les gouttes de sueur. De quelle longueur/couleur est leur pénis ? Sont-ils plus endurants ?

Non, mais il faut vous expliquer les hommes. Vous pensez vraiment que, pendant tout ce temps, je veux dire, tous ces 100, je me suis amusée à faire un classement ?

Quand j'y pense, ça me fait rire, on pourrait faire un petit village. On l'appellerait un Ex-Town. Il y aurait tout ce qu'il faut : des peintres en bâtiment, des ingénieurs, des financiers, des jardiniers, des acrobates, des musiciens et… dans tout ça, parmi tous ces physiques, tous ces talents, je t'aurais choisi, toi.

Franchement, n'est-ce pas mieux de se dire ça ?

# Petites annonces « sans prise de tête »

Parlons un peu des petites annonces. Je parle de celles passées sur les sites de rencontres. On ne sait jamais vraiment quoi dire pour se présenter. Certains se présentent d'ailleurs en disant qu'ils ne savent pas quoi dire. C'est la solution un peu facile. Celle du fuyard ou du fainéant qui ne peut pas se creuser la tête deux secondes pour écrire trois lignes sur lui-même. Le b.a-ba.

Au-delà d'une description fidèle de sa personne, on cherche tous la petite phrase originale, celle qui va donner envie au plus beau poisson du monde de mordre à l'hameçon, évinçant tous les autres, les poissons-chats, les indésirables, ces profils dont on ne veut surtout pas.

Une phrase qui attire les bons et repousse les mauvais esprits, les « Tinder-surprise ».

Du coup, on pousse parfois le bouchon un peu loin, Maurice. Certains essaient de faire de l'humour ou usent de procédés littéraires qu'ils ne maîtrisent pas, comme l'antithèse, par exemple : « Si tu cherches un homme gras qui aime le foot, porte ses chaussettes jusqu'aux genoux et mange du saucisson à l'ail… » Non, il faut que quelqu'un vous le dise, les mecs (je me sacrifie) ça ne marche pas. Il y a aussi l'hyperbole : « Mec mortel cherche femme parfaite ! » Crétin, aucune femme ne va mordre à ça !

Mais il y a une phrase, par-dessus toutes les autres, que j'abhorre, c'est celle qui dit : « Cherche relation sans prise de tête. » Cette phrase n'a absolument aucun sens. Réfléchissez, il faudrait comprendre que, tous les autres, les gens qui n'apportent pas cette précision, ont pour objectif premier de se prendre la tête, que le but d'une relation serait de chercher à se pourrir la vie... Admettez que c'est absurde tout de même !

Arrêtons de tordre le cou à la langue française, écrivons simplement : « Je veux une relation sérieuse. » ou « Je veux juste tirer un coup. »

Ça mettra tout le monde d'accord.

# Canard plaqué

Lorsque vous rencontrez un type sur Internet, aussi charmant soit-il, n'acceptez jamais une invitation à dîner au premier rencard !

C'est un piège.

Prenez juste un verre, pour commencer.

Cette règle, je l'ai apprise à mes dépens.

Pour notre histoire, nous appellerons l'individu Oscar, ça s'accorde plutôt bien avec l'intrigue.

Oscar et moi dînons dans un restaurant dijonnais. Le type est chic, bien habillé, le restaurant est sélect. Champagne, menu à quarante-cinq balles, le gars a mis le paquet.

Il est beau, les cheveux noirs, les yeux verts, plutôt mince. À ce stade « découverte », je ne sais pas encore si c'est son style ou s'il a fait l'effort de mettre son beau costard ressorti du fond de son placard, pour la troisième fois de sa vie. Ses chaussures brillent comme des sous neufs. Achetées la veille, sans doute. Pour juger de son look, je ne peux pas me fier à cette tenue de circonstance. Ce que je note, en revanche, c'est qu'il porte ces petits bracelets en cuir torsadé qui me font un effet de dingue ! Je *mate* ses avant-bras musclés portant ces fils entrelacés qui me rendent folle, tandis qu'il m'observe de son regard jade.

Je porte la coupe de champagne à mes lèvres, avec une sensualité mesurée. Je sais l'effet que je lui fais. Et j'en joue. Pour moi, c'est le bonheur ! De la nourriture, un mec et du champagne. Que demander de mieux ? Je m'attends à passer une soirée de dingue. Je nous imagine déjà épris de discussions philosophiques, échangeant des phrases intelligentes au goût de champagne. Dans mon fantasme, les bulles nous montent à la tête et nous échauffent le corps, jusqu'à nous embraser. Oh oui, tout à l'heure, le romantisme frileux de la scène mutera en érotisme ardent, nous mêlerons nos souffles et nos sueurs jusqu'à cracher du feu par le nez et les pores !

*I have a dream !* Les rêves ne sont pas la réalité.

Parce que, dès le début de notre rencontre, il me parle d'anatidés.

Le mâle, quarante ans, est responsable commercial pour une conserverie de canards à échelle industrielle. Son métier ? Promouvoir les produits de son entreprise auprès des distributeurs, sur un quart du territoire français. Soit. Je suis cadre bancaire. C'est donc naturellement que je m'intéresse à ce qu'il me raconte. Du moins, au début. Parce que, de l'apéro au plat principal, en passant par l'entrée, Oscar ne me parle QUE de *ses* canards. De l'élevage des canards à la mise en conserve, en passant par les recettes de fabrication. J'ai même droit à la vie sexuelle des canards.

Quand j'étais petite, ma maman m'emmenait nourrir les canards colverts en bord de Saône. Un jour que je m'étais étonnée de la couleur d'un canard femelle qui tirait vers le vert, couleur du mâle, maman m'avait expliqué que les canards étaient hermaphrodites, sans doute pour se débarrasser de la question. J'avais, à cette époque, sept ans.

Elle n'avait pas mesuré l'impact de ses salades sur le long terme. Car n'ayant jamais eu l'occasion de mettre cette théorie à l'épreuve de la réfutation, à trente ans, il a fallu que je ressorte cette connerie, en toute conviction, au plus grand expert en canards de l'Est.

Au moins, cette conversation a servi à me sortir de ma nunucherie. Parce qu'au bout de deux heures de canards en salade, en sauce, en boîte et empaillés, le canard, j'en ai par-dessus le cocotier ! Le mec est obsédé par ses canards. Que dis-je ? Possédé ! En parlant, il mime de grands gestes et roule de gros yeux à la manière d'un illuminé. C'est un film d'horreur, c'est juste cauchemardesque ! Vite, un exorciste !

Je ne sais même pas comment me sortir de là, quoi que je lance, il ramène tout à ça !

Mon Dieu, je ne vous demande jamais rien, mais là, s'il vous plaît, sortez-moi de là ! Je ferai tout ce que vous voudrez, j'irai à la messe tous les dimanches et je ne sortirai plus qu'avec un seul homme à la fois !

Étant omniscient, Dieu ne me croit pas.

Plaquer un mec en plein restaurant, sous prétexte d'ennui, c'est délicat. Après deux heures passées à noyer ma peine en enchaînant les verres et en hochant désespérément la tête (geste qu'il devait prendre pour un intérêt de ma part puisqu'il continuait de plus belle), je pense avoir trouvé une échappatoire lorsque le serveur nous demande si nous souhaitons la carte des desserts. Alléluia !

Je secoue énergiquement la tête et lui dis avec une moue surjouée que je n'ai vraiment, mais genre VRAIMENT plus faim.

Pourtant, au restaurant, croyez-moi, je suis gourmande ! Je mangerais les desserts des voisins de table si je pouvais. En temps normal, j'aurais pris une part de tarte tatin avec double boule de glace vanille et caramel, de la chantilly, le tout accompagné d'une dernière (avant-dernière ?) coupe de champagne ! Soyons ivres, soyons fous !

Mais là, non ! Ce n'est pas l'idée.

Le mec est en train de me parler d'équarrissage.

Oscar me regarde, étonné, puis répond au serveur :

— Moi, j'ai encore un peu de place. Avez-vous des desserts avec du chocolat ?

*Non, non, non, non !!!*

— Je vous apporte la carte !

*Putain, si !*

Finalement, après trois heures de « formation » sur les canards, et un **canard plaqué**, ce que j'ai retenu, ce n'est pas une, mais trois choses :

1. La règle énoncée en introduction !!!
2. Que les canards ne changent pas de sexe (merci, maman !)
3. Que je n'utiliserai plus jamais de canard sextoy !

# Devenez comme vous êtes

Les hommes ont tendance à se moquer des femmes qui se mettent au régime. Et même : ils s'en plaignent. Ils trouvent que les femmes font des chichis. On serait tentées de les comprendre. Quel homme n'a jamais entendu « Chéri, est-ce que tu trouves que j'ai grossi » ? À la longue, ça peut paraître lassant, mais c'est pour vous plaire, messieurs ! Votre compagne veut juste être… parfaite !

Quel homme n'a jamais répondu « Mais ma chérie, même avec dix kilos de plus, je te trouverai toujours aussi jolie » ? Ben voyons ! Un peu de franchise, s'il vous plaît.

Monsieur voudrait que sa femme soit à la fois belle… et gourmande, qu'elle porte de la lingerie sur un corps ferme et svelte et qu'elle participe au concours du plus grand mangeur de saucisses avec lui.

Après tout, les hommes n'en font pas tout un plat. Ils mangent, eux. Même ceux qui sont au régime.

Il n'y a pas si longtemps, je devais revoir un homme que je n'avais pas vu depuis un an et dont j'étais très amoureuse : Grégory. Il y a un an, Greg était assez costaud. Non, oublions les litotes, disons-le franchement : il était gros.

Au téléphone, il m'annonce que

**1.** Il a très envie de me revoir

**2.** Il s'est dessiné grâce au sport.

La nouvelle 1 me met déjà en émoi : je l'aime toujours, c'est certain. La nouvelle 2 m'intrigue : j'ai hâte de le voir dans son corps tout beau tout neuf !

Le week-end suivant son appel, nous avons rendez-vous à la gare de Dijon. Je sors du wagon et le cherche du regard. Je ne le vois pas. Il est censé être sur ce quai pourtant, ce quai que je parcours de long en large au milieu des voyageurs, en vain. Rien.

Pas de Grégory à l'horizon.

Et pour cause : je cherche un homme musclé.

Grégory se tient bien là, au pied du wagon d'où je suis descendue, mais il est caché derrière une barbe de dix centimètres, porte de grosses lunettes noires et a bien pris dix kilos… par-dessus les muscles !

Je regarde son ventre tonneau, incrédule.

Comment un homme peut-il prendre du poids en se mettant au régime ?

L'explication, je la trouve le soir venu.

Nous commandons un Uber Eats. Comme nous n'avons pas les mêmes goûts (nous sommes diamétralement opposés sur tous les sujets), chacun commande son plat de son côté. J'opte pour un menu sushi, lui, prend un double menu Big Mac (traduction : **deux** menus Big Mac).

Surprise, je l'interroge :

— Mais, tu n'es pas au régime ?
— Si, si, me répond-il.
— Du coup… tu fais une entorse ?
— Non, pas du tout.

Je reformule ce que je viens d'entendre, pour être sûre d'avoir bien tout compris.

46

— Donc, si je comprends bien, tu es au régime, mais tu manges deux hamburgers bourrés de ketchup/mayo et deux sachets de potatoes en sirotant deux sodas XXL.

— Mais non, bêta ! Je suis un programme muscu.

— …

— Oui, j'ai acheté des pots de protéines. D'ailleurs, avant de manger, je me suis fait un shaker !

Cette fois-ci, tout s'éclaire dans ma tête de femme stupide. Vu qu'il fait du sport, mon Grégory pense qu'il va devenir bodybuildé en intégrant des « protéines » à son alimentation (qui ne sont qu'un sachet de poudre de calories parfumées à l'aspartame, soit dit en passant), mais genre, pas en substitution de quelque chose, non, en les **ajoutant** à sa ration quotidienne sans rien changer au reste… Ce qui explique les dix kilos de plus dans le ventre. Eurêka !

On comprend mieux pourquoi les hommes ne cautionnent pas les régimes des femmes : manger moins pour maigrir ? Non, mais quelle idée !

Leur slogan : « Devenez comme vous êtes ! »

# Plus on est de fous…

On trouve de tout sur Instagram, c'est la foire de l'étrange. Mes copines se lamentent de recevoir des invitations de la part de mecs prétendument musclés, beaux et riches. Ma mère aussi ! Mais de quoi se plaignent-elles ?

Bon, ok, les comptes sont peut-être bidons, mais les images sont belles et les déclarations, flatteuses.

Moi, les mecs qui m'accostent ne sont pas de ce monde-là. D'une, ils sont bien réels. De deux, ils ne sont pas musclés. De trois, ils sont fous !

Si, si, je vous jure, sans rire, c'est vraiment un truc de dingue (c'est le cas de le dire), tous les fous se dirigent droit sur mon profil !

Du philosophe fou qui passe sa journée à m'envoyer, sans jamais se lasser, des paragraphes indéchiffrables au véritable schizophrène qui est tombé amoureux de moi et qui me demande de prendre contact avec son équipe médicale pour envisager notre avenir commun, en passant par l'apprenti poète qui compare mes pieds à la rosée du matin…

Mes amies ne me croyaient pas, alors j'ai fait des copies d'écran, je me suis fait un album collector, mon TOP 10 des fous.

Et j'ai partagé sur WhatsApp. Elles ont halluciné.

L'une d'elles m'a suggéré de leur demander ce qui, dans mon profil, les avait attirés. Ainsi, il me suffirait de retirer le déclencheur, une photo, un post, un truc qui leur fait *tilt* dans ma description.

Ce que j'ai fait.

J'ai posé la question à un guitariste qui m'envoyait des musiques *chelous*.

Moi : Excuse-moi, peux-tu me dire ce qui te plaît dans mon profil ?

Le fou : Euh… ben… c'est difficile comme question… je ne sais pas, ça ne m'arrive pas souvent de matcher comme ça, mais j'ai l'impression de te connaître, que l'on est pareils, toi et moi.

Sous-entendu : t'es la seule fille barge que j'ai repérée sur les réseaux.

Après tout, ça se tient. Alors, allons-y gaiement, soyons fous ensemble dans ce monde de dingue ! Plus on est de fous…. Et moi, j'aime rire !

# Anecdotique

Le vendredi est un jour un peu particulier. C'est mon jour de semaine préféré. D'abord, parce que c'est le dernier jour avant le week-end. Classique, me direz-vous ! Ensuite, parce que c'est aussi le jour de mon chirashi. Tous les vendredis midi, je mange japonais. Ainsi, je respecte ma religion : vendredi poisson = chirashi saumon ! Je ne suis pas les règles du catholicisme à la règle, c'est le cas de le dire, mais celle-là, je ne sais pas pourquoi, dans la mesure du possible, je l'ai toujours suivie. Les autres moins. J'ai beaucoup de mal sur le concept de monogamie, par exemple.

Tous les vendredis midi, mon amant coréen vient avec nos menus chirashi. On déjeune ensemble, puis on baise, puis il part, parce que l'après-midi, tout de même, je travaille. Je suis d'ailleurs toujours détendue le vendredi après-midi quand mes collègues m'appellent. La perspective du week-end, les sushis, la baise. S'ils savaient ! Enfin, si on pouvait voir ce qui se passe chez les uns et les autres en télétravail, j'imagine que l'on serait tous surpris !

J'ai rencontré Jung sur un site de rencontres. Nous nous plaisons. Sa compagnie est agréable. Bien qu'il m'aime vraiment bien, il n'en demande pas plus et ne me casse pas les pieds. Pour l'instant, tout du moins.

Le temps dont nous disposons nous permet de discuter. Jung est plutôt mignon et loin d'être con. Autodidacte, il est même son propre patron.

Bien sûr, comme nos échanges sont bornés à un créneau d'une heure trente, si on retire la demi-heure de baise, les premières fois, on fait connaissance – je me permets de préciser (au cas où vous ne l'auriez pas compris) que je vous parle d'un plan cul régulier : notre première rencontre a donc sauté quelques étapes préalables – Nom, prénom, profession, sauce salée ou sucrée, etc.

Au fil des visites, nos rendez-vous deviennent plus complices. Après l'amour (je ne parle plus de baise), je reste un petit peu dans ses bras.

Alors il fait ce que tous les mecs finissent par faire quand ils sont avec moi. Il me demande si j'ai fait beaucoup de rencontres sur le site en question. Je me dis qu'il n'a donc rien d'original, au final.

Je donne un chiffre, ou plutôt un nombre, sans être sûre de moi.

— Tu n'as jamais trouvé le bon dans « tout ça » ?

J'ai envie de lui dire : « Ben non, tête de con, sinon je ne serais pas là avec toi ! » Mais je ne dis rien. Déjà, parce que je suis polie. Ensuite, parce que je ne sais même pas ce que veut dire « le bon ». La bonne chaussure, d'accord, c'est celle qui va avec l'autre, qui doit être de la bonne pointure pour aller avec ton pied. Mais le « bon mec », sérieux c'est quoi ? Je ne vois pas. Devant cette question idiote, je bugge et quand je bloque, je ne réponds pas.

Mon silence n'est pas un problème pour Jung. Des questions comme celles-là, il en a un réservoir plein :

— Dans toutes ces rencontres, est-ce qu'il y en a qui t'ont marquée ?

Là, je devine que Jung essaie de savoir s'il a sa chance avec moi. Cette question me paraît toutefois plus évidente que la précédente.

— Elles m'ont toutes marquée.

Jung écarquille de grands yeux. Ma réponse l'intrigue, il ne s'attendait pas à ça.

— C'est-à-dire ? En bien ou en mal ?
— Les deux.
— …

Je ris.

— Quand je rencontre un mec, il se passe toujours un truc *chelou*. Toutes mes rencontres sont anecdotiques.

Alors je lui en raconte quelques-unes. L'histoire du canard plaqué, celle du conte de Morphée et celle du schtroumpf dormeur que je ne vous ai pas racontée. Il est mort de rire, il n'en revient pas.

— Sérieux, il t'est vraiment arrivé tout ça ?
— À chaque fois. Pas une histoire sans anecdote. D'ailleurs, je suis en train d'en faire un recueil.
— Putain, c'est fou ce qu'il y a comme mecs bizarres ! Ah, ah, ben ce n'est pas avec moi que tu vas alimenter ton recueil ! Je suis un mec tout à fait normal. Limite, tu vas t'ennuyer !

C'est vrai que Jung a l'air normal. Après plusieurs parties de sexe avec lui, R.A.S : le calme plat. Pas de « baleine sous caillou », comme dirait ma copine. Au fond, c'est reposant. Et même, on se marre plutôt bien.

À mon tour, je l'interroge :

— Et toi, il ne t'arrive jamais rien ?
— Ben, non.

Je lève un sourcil étonné.

— Allez, trouve-moi une petite anecdote pour me faire rire aussi !

Il réfléchit, fronce les sourcils, se creuse les méninges.

Eurêka !

Il montre un faciès béat. Il l'a !

— Ok. J'en ai peut-être une.

Je suis d'humeur joyeuse, j'ai envie de rire. À mon tour, j'écarquille de grands yeux, friande d'écouter son histoire croustillante.

— Voilà. Il y a à peu près six mois, j'ai rencontré une femme sur le site. Une belle femme. Très belle, même. Après quelques jours d'échanges WhatsApp, elle me donne rendez-vous, dans un hôtel, à Chartres.
— Dans un hôtel ?
— Oui. Elle était mariée.
— Ah. Son mari savait ?
— Oui, il était d'accord. Enfin, c'était la première fois qu'elle le trompait, mais son mari, qui sentait que leur couple périclitait, avait lui-même suggéré que sa femme se fasse prendre par un autre.
— Elle devait en avoir besoin. C'est noble, de la part du type !
— Oui.

Je visualise très bien la scène. Je me dis que ça promet une chute sympa ! J'imagine un Jung qui entre dans la chambre, reçu par le mari qu'il ne s'attendait pas à voir, ou un truc comme ça.

Jung poursuit.

— Mais le mari n'a pas supporté l'idée qu'il avait lui-même suggérée.

— C'est-à-dire ?

— La première fois, on a fait l'amour et c'était bien. On a repris rendez-vous plusieurs fois, et à chaque fois, on a remis ça. Je commençais à avoir des sentiments pour elle.

Je me disais bien que mon Jung était un cœur tendre.

Je veux la suite, je m'impatiente ! Le truc drôle…

— Et, du coup… il s'est suicidé !

Une bombe vient d'exploser dans mon oreille. À ces mots, je sursaute, je me redresse, je m'écarte de Jung, je le regarde comme un alien :

— *What* ???????????

Putain, vu son air perdu, il est sérieux !

— Mais, Jung, mais… c'est horrible ! Ce n'est pas une anecdote, ça !

— Ben, oui, c'est bizarre, mais ça m'est vraiment arrivé. Et elle, elle n'a plus jamais voulu me revoir. Elle disait que c'était de ma faute.

Je suis sous le choc.

— Non, Jung, je te confirme que ça, ce n'est pas une anecdote.

Du moins, pas pour lui, mais une de plus pour moi…

# Avis clients

On a beau critiquer Amazon (gestion Covid, conditions de travail, pollution présumée…), c'est quand même bien pratique ! Surtout quand on est une femme seule habitant au troisième étage sans ascenseur.

Lorsque j'ai emménagé dans mon nouvel appartement dans les Yvelines, j'ai dû remeubler. Je venais de quitter un studio riquiqui à Paris. En région parisienne, pour le même loyer, c'est-à-dire un bon SMIC mensuel, j'avais droit à un espace deux fois plus grand. Bon d'accord, en équivalent province, pour ce prix, j'aurais eu une villa !

Toujours est-il que je me suis retrouvée avec un appartement désespérément vide. Je devais tout racheter : des bibliothèques, une commode, une vraie table de salle à manger, des coffres et même du matériel de sport !

J'avais l'impression d'être un pacha !

Bien sûr, je m'intéresse à l'écologie, aux achats responsables, etc. Mais sans voiture, avec des bras en chamallows, à moins d'être Mimie Mathy et de faire apparaître les choses, je ne vois pas comment j'aurais fait sans Amazon.

Chez lui, le personnel est très serviable. En plus de te monter tes meubles jusqu'au dernier étage, le mec te propose de les monter… tout court.

Si, si, je vous jure, je n'y croyais pas, mais ça m'est arrivé !

Remettons-nous dans le contexte et parlons au présent.

Juste après ma livraison, j'entends mon téléphone vibrer. Je me dis : « Ah, j'ai oublié de lui ouvrir la grille. »

Je vis dans une résidence hyper sécurisée : on doit demander l'autorisation pour entrer, mais aussi pour sortir. C'est très chiant. Comme je suis tête en l'air et que je réponds rarement à mon téléphone, j'ai tendance à oublier les gens. Cette fois, je l'avais sur moi. Je me précipite vers la fenêtre et je m'aperçois que la grille est déjà ouverte.

Ce n'est donc pas ça.

Je lis mon message :

« Bonjour, si vous avez besoin d'aide pour monter vos meubles, n'hésitez pas, je vous le fais quand vous voulez, et gratuitement. »

Oh ! Je tombe des nues. Comme je ne suis pas naïve, je me doute bien que le gars n'a pas perdu le nord et qu'il tente sa chance.

Bien sûr, je pourrais en profiter. Le faire venir, lui faire monter les meubles et lui demander de partir. Après tout, il s'est proposé.

Mais non ! Je suis digne, moi ! Et tout à fait capable de les monter toute seule.

Je commence par le plus simple, à priori : une bibliothèque. Je m'arme de la notice, du kit d'outils qui était présent dans le carton, j'aligne les planches et me la joue Mac Gyver.

Très vite, je déchante. Après avoir assemblé quatre planches en une heure, je m'aperçois qu'elles étaient numérotées. Putain, y'avait un ordre ! Il faut tout défaire. Le hic c'est que des planches, il y en a dix autour de moi. Je les regarde avec désespoir. Je me sens perdue, comme si j'étais toute seule au fond d'un puits.

Bon. Deuxième tentative. Une erreur, ça arrive. Cette fois, c'est bon. J'ai compris la leçon. Mais non ! Je découvre à mes dépens que j'ai utilisé les mauvaises vis au début. J'aurais dû mettre les petites, pas les grandes ! Du coup, il me manque les bonnes pour les dernières planches.

J'ai perdu une demi-journée. Je n'ai pas monté un meuble.

Il faut me rendre à l'évidence : j'ai besoin d'aide !

J'ai deux options : la première, c'est de me mettre à pleurer comme un bébé. C'est tentant, mais cela ne résoudra pas l'affaire. La deuxième, c'est d'exposer mon cas au livreur Amazon et de lui proposer un service rémunéré. En somme : je lui file vingt balles… et l'affaire est dans le sac !

Le mec accepte.

Rendez-vous pris le lundi, sur mon temps de travail.

Ce jour-là, je décide de télétravailler dans ma cuisine. Moins commode que le bureau, mais vue sur le corps musclé de mon bricoleur, parce que je n'avais pas vu tous ses muscles. Les gilets Amazon, ça cache un peu le tableau.

Mes dossiers avancent lentement, mes yeux bifurquent sans cesse vers ses avant-bras puissants en mouvement. En plus, il porte ces bracelets en cuir torsadé que j'aime tant. Je n'arrive pas à me concentrer.

— Je fais une pause, dis-je. Vous voulez un café ?
— Avec plaisir.

On prend le café. Il me dit qu'il s'appelle Jonathan. Je l'observe plus attentivement. Il n'est pas spécialement beau, mais il a un regard troublant. Il a des yeux de loup, mystérieux, pénétrants, comme ceux de Christian Grey…

Je déglutis. Je me liquéfie.

— Il va falloir que je revienne, me dit-il. Pour la bibliothèque et la commode, je peux tout faire cette après-midi, mais pour la chaise romaine et le banc de muscu, je vais avoir besoin d'une autre demi-journée.

— Oh ! Oui, bien sûr ! Je vous paierai.

— Mais non, gardez votre argent, je vous jure, j'aime bien rendre service !

Il n'est pas encore parti et j'ai déjà hâte qu'il revienne ! Je lui propose sans tarder un nouveau créneau.

— Demain, je serai au bureau. Les deux autres jours aussi. Vendredi, vous êtes disponible ?

— Je travaille jusqu'à 15 heures.

— Oh, ce week-end peut-être ?

— Ou vendredi à partir de 16 heures.

— Ça me va !

Je le raccompagne vers la porte, m'empare de mon portefeuille, sort un billet de vingt euros. Au moment où je lui tends, il me plaque contre le mur, bloque mes bras au-dessus de ma tête et m'embrasse passionnément dans le cou. Je ne sens plus mes jambes, je flagelle. Je suis sous son emprise. Ça envoie du feu ! Je m'apprête à passer une fin de journée des plus ardentes…

Après cette scène, puis celle du vendredi suivant, j'ai reçu un message d'Amazon me demandant de laisser un commentaire et de noter la livraison… J'ai mis 5/5 et rédigé l'avis client suivant : livraison au top, personnel efficace !

# Plouf !

Bertrand était un mec trop parfait. Trop parfait pour être vrai. Je le savais. Je m'en doutais. Je l'ai vu tout de suite. Physique de Ken, grand, brun, mâchoire carrée, gentleman, généreux, passionné et surprenant ! Le genre de mec à traverser Paris pour te rejoindre dix minutes avant le départ de ton train…

Dès le début, je trouve ça louche, je me dis que ça pue l'arnaque, qu'il y a « anguille sous roche » ou même « baleine sous caillou » comme dirait ma Ninie. Mes sentinelles sonnent l'alarme.

« Baleine, baleine, baleine », crient-elles !

Nos premières rencontres se passent à l'extérieur. Puis, (au bout de quelques jours, mois, années, je ne vous le dirai pas), chez moi ! Très vite, je comprends. Je trouve une grosse, grosse baleine : Bertrand ne vit pas seul. Cet ingénieur de bonne famille à la particule fièrement assumée, âgé de trente-huit ans, propriétaire de son trois-pièces parisien hérité de feu ses parents, a une « colocataire ». Je devrais trouver cela logique, tout à fait normal. Je me doute bien qu'il n'a pas pris une jolie danseuse de ballet pour arrondir ses fins de mois déjà bien sphériques. Pourtant, je ne dis rien. Je profite de ses petites attentions. Après dix mois de célibat, je trouve plutôt agréable que l'on s'occupe de moi.

Bien sûr, à certains moments, je le sens gêné. Il sort pour aller téléphoner « à un collègue », il a la main qui tremble à l'arrivée d'un texto. J'imagine facilement un « Tu es où ? » ou encore « Tu rentres quand ? » ou même « Pourquoi tu ne réponds pas ? » et une fille triste au bout de la ligne.

Non, je ne suis pas une femme cruelle qui aime foutre la merde dans les couples. Ne nous trompons pas de coupable ! Dans cette histoire de cocuage, il y a deux victimes parce-que, moi aussi, je suis sous le charme de cet habile calculateur ! Je ne cherche pas à tirer la couverture à moi. C'est lui qui m'a séduite. Il est venu me chercher. Je me suis rapidement habituée à sa tendresse. Elle est une compagne très agréable, même sous les traits du mensonge.

Jusqu'au jour où…

Je passe une semaine de vacances dans la campagne jurassienne, quand mon Don Juan, qui se trouve à quelques kilomètres de mon lieu de villégiature pour un stage de golf (évidemment, Ken fait ça aussi…), me propose de me ramener à Paris. Cinq heures de route avec un gentleman plutôt que six heures de train avec des gens qui mâchouillent des chips et se mouchent dans leur bras… hum… attendez, je réfléchis : OK !

Ce jour-là, nous avons mis onze heures pour faire le trajet. Passons les scènes de cueillette de champignons en pleine forêt et arrêtons-nous un instant sur celle qui nous intéresse : le déjeuner.

Nous faisons étape dans un petit restaurant de campagne, ce genre de lieu qui ne paie pas de mine où l'on mange mille fois mieux et pour deux fois moins cher qu'à la ville. Kir, salade, deuxième kir, glace, troisième kir, deuxième dessert.

De la bouffe, du soleil et du sexe : qui dit mieux ?

C'est dans ce cadre tout à fait rustique que mon Casanova se met à genoux pour, scène de film, sortir une bague. À genoux sur les lames en bois d'une terrasse de guinguette. Pour un descendant d'aristo, j'aurais dû prendre une photo !

Je regarde son petit air d'amant amoureux avec distance. Plus rien ne me surprend !

Je le laisse faire son discours.

*Tu pousses le bouchon un peu trop loin, Maurice.*

Mes archers ont répondu à l'appel de mes sentinelles.

À l'attaque !

> — Bon, Bertrand, redresse-toi, s'il te plaît. Redresse-toi et assieds-toi.

Bertrand ne comprend pas. Il prend son air de chien battu, d'homme abattu et lève un sourcil.

> — C'est une demande en mariage que tu me fais là ?

Il bredouille. Me tend l'écrin. Les petits diamants brillent, mais je ne suis pas dupe. C'est la pomme de Blanche-Neige ! Une femme avertie en vaut deux : il y a quelque temps, Ève a essuyé les plâtres. À présent, on sait ce qu'il en est !

> — Je t'aime, me dit-il dans un dernier élan désespéré. Je t'aime et je veux que tu vives avec moi. On sera bien tous les deux. Tu emménageras chez moi. On transformera la chambre d'amis en salle de cinéma…

Ah, ah, ça y est, je le tiens ! En plus, il a tout décidé. Juste un détail, mec. Hey, oh, je suis là !

C'est le moment de faire partir les flèches, il est dans mon viseur.

> — Bon, arrêtons les simulacres. Tu vis déjà avec quelqu'un.
> — Oui, mais c'est ma colocataire. Elle peut partir…
> — Cesse de me prendre pour une buse. Si tu veux mentir, fais-le avec une fille bête. Ne cible pas une femme d'affaires qui écrit des livres.

Bertrand devient blafard. Il bégaie. Je lui rends son écrin.

> — Très jolie, la bague, lui dis-je. Un harnais pour femme. Voilà comment j'interprète les choses : tu es un homme égaré. Tu n'aimes pas ta petite amie. C'est évident. Tu cherches peut-être depuis longtemps une échappatoire. Tu fais comme la plupart des hommes qui se séparent : par crainte de vivre seul, tu t'accroches à une branche et tu vas même la chercher, cette branche. Je suis la branche et tu es le nageur désespéré qui craint de se noyer. Tu ne sais pas si tu m'aimes, au fond.

Mon « fiancé » est abasourdi. Je le vois méditer.

> — Tu as raison, finit-il par dire, tête courbée. Je suis un lâche.

Bien sûr, il se victimise. La meilleure façon de se faire dorloter. Je ne suis pas comme ça. Je ne bouge pas, je le laisse parler.

> — Je crois que je ne l'aime pas. Je crois que je ne l'ai jamais aimée. Je crois que je n'aime pas mon travail non plus. Je voulais être un artiste…

*Le Blues du Businessman !*

Non, je ne compatis pas. L'artiste me joue du violon.

> — Qu'est-ce qui t'empêche de prendre une décision ferme pour te sortir de cette situation ?
> — Je n'ose pas faire le grand saut.

Dans mon esprit de fille décalée ayant bu trois kirs chargés dans une petite bourgade bourguignonne (recette authentique : deux tiers de crème de cassis, un tiers d'aligoté), il me vient ce genre d'idée qui ne devrait pas arriver…

> — Ok, j'ai la solution ! dis-je fièrement.

Calimero paie l'addition.

Nous reprenons la voiture. Je lui demande de se garer à la sortie de la ville, près d'un pont traversant la Saône.

— Tu as un maillot de bain ?

Il me regarde en souriant. J'ajoute :

— Parce que l'on va se baigner !

Il répond d'un sourire malin. Il ne voit pas encore le piège. Moi, je sais ce que je m'apprête à faire. Enfin, sur le moment, c'est ce que je crois.

Parce qu'une fois derrière la rambarde, après avoir traversé la route pieds nus, en tenue de plagistes, sous le regard médusé des automobilistes, je m'interroge. Qu'est-ce que je fous à douze mètres au-dessus de l'eau ? C'est haut, très haut. Mais qu'est ce qui m'a pris, bordel ? Je cache mes angoisses. Je fais la fille pleine d'assurance, en mode « assume ta connerie, maintenant ». Prise à mon propre jeu, là, je ne peux plus reculer.

— C'est haut ! me dit-il.

Ses jambes tremblent. En effet, je ne voyais pas ça aussi haut !

— Tu as évalué la profondeur ?
— Mais... tu crois que je saute d'un pont tous les jours ? Non, je ne sais absolument pas ce que je fais.

De nouveau, il blêmit.

— Le barrage, là-bas, il est dangereux ?
— Euh... il paraît loin. Il ne va pas nous emporter. Je ne pense pas que le courant soit si puissant.
— Mais tu ne crois pas que c'est périlleux ?

Il commence à me casser les bonbons.

— Bon, avec toutes tes questions, on ne va jamais sauter ! Tu vois, c'est ça ton problème, ce genre de questions. Moi, je ne m'en pose pas autant, c'est pourquoi je suis libre ! À trois, on saute !

Il l'a fait ! Une à deux secondes après moi, tout de même.

Bon. Soyons francs. La Saône est dégueulasse, j'ai bu la tasse, je me dis qu'avec ma connerie, on va peut-être mourir de dysenterie.

Au retour, Bertrand est euphorique.

— Tu te rends compte ? me dit-il. Je l'ai fait ! J'ai sauté d'un pont !

Je suis un peu fière de moi.

— Tu vois, si tu peux sauter d'un pont comme ça, je ne vois pas pourquoi tu ne serais pas capable de mettre un terme à une relation cul-de-sac !
— Carrément !

Avant de sauter, j'étais face à un type désespéré qui cherchait une échappatoire à sa vie nulle à chier. Après mon épreuve à la *Koh-Lanta*, je me retrouve avec un mec égayé ayant le sentiment d'être invincible. Je me dis que ça vaut toutes les thérapies du monde, certaine que le lendemain, il m'appellera pour me dire « Je suis libre, alléluia, je vais pouvoir choisir ma vie ! »

Mais les hommes ne réfléchissent pas comme ça…

Après cela, je suis restée une semaine sans nouvelles.

— Allô ?
— Hey, Bertrand, comment vas-tu ? Je n'avais plus de nouvelles. Je ne t'ai pas relancé, je me suis dit que cela ne devait pas être facile. Alors ça y est, tu l'as quittée ?

— Euh… non, pas vraiment.
— Ah bon ? Mais pourquoi ?
— Je… je ne sais plus où j'en suis.
— Ben dis-donc, tu as l'air tout bizarre… Qu'est ce qui t'arrive ?
— J'ai craqué.
— Quoi ? Mais quand ?
— Quand je suis rentré, je n'ai pas dormi de la nuit. Au matin, j'ai fondu en larmes, je suis allé voir le médecin.
— Qu'est-ce qu'il a dit ?
— Burn out !
— Oh ! Tes problèmes avec ta cheffe ?
— Entre autres…
— Ton couple ?
— Je me rends compte que j'ai de la chance d'avoir Alexia.
— Mais… tu ne l'aimes pas !
— Non, mais c'est parce que je ne fais pas l'effort…

*Curieux, comme analyse !*

— …
— Je veux dire, j'ai une vie stable, équilibrée. Je suis en train de tout foutre en l'air.
— Avec moi ?
— Oui. Si tu savais que j'étais en couple, pourquoi tu m'as laissé te draguer ?

*Alors celle-là, on ne me l'avait jamais faite !*

— Pardon ? Mais je suis célibataire, moi ! Je ne dois rien à personne. Vos problèmes de couple, je n'en suis pas responsable !
— Oui, tu as raison. Mais quand même, avant de te connaître, j'allais bien. Et puis, j'ai joué au con. J'ai même sauté d'un pont !

*Plouf, plouf.*

— Je ne suis vraiment pas bien, je vais aller voir un psychiatre.

*Résolution, Cynthia : fini les défis pour sauver les âmes !*

# Recalé à l'audition

Autrefois, les rencontres galantes suivaient un ordre précis et codifié. La présentation, d'abord. La fréquentation, ensuite. La formalisation, enfin. La consommation était l'étape ultime, comme la cerise sur le gâteau. Au fil des années, le schéma s'est inversé et une étape a sauté. L'acte sexuel, d'abord. La fréquentation, ensuite. La présentation, à la fin. De nos jours, on commence souvent par la « faim ».

À la valse féérique du bal de l'époque « mémé », succède le défilé des photographies filtrées des applis bon marché.

Les gens ne parlent plus, les conversations se limitent à quelques onomatopées dont les répliques sont souvent toutes mâchées.

— Slt, ça va ?
— Oui, et toi ?
— Ouais.
— Ok.
— Tu fais koi ?

*Ben, je te parle, débile !*

Bon, ne soyons pas moqueurs. Ce serait un comble, parce que moi aussi, ces outils, entre deux déprimes en solitaire, je les ai testés !

Moi aussi, je me suis laissé tenter par une petite relation « cou-couche panier ».

C'est d'ailleurs comme ça qu'un jour, j'ai rencontré Joël.

Trente-huit ans, blond aux yeux bleus, un peu chauve, barbe rase, look légèrement négligé, mais sourire craquant.

Joël, en apparence hyperactif, entre un job de commercial, une activité de promotion immobilière et son camion de pizzas.

Plutôt grand, un peu gros, mais séduisant.

Le jour du premier rendez-vous, l'affaire se consomme dans son camion, entre farine et anchois.

Assez excitant, mais sans plus. Plus pour lui que pour moi. Je ne jouis pas. Ce genre de relation à la va-vite, c'est un peu comme manger trop de cochonneries avant le repas : on n'est pas nourris, mais on n'a plus faim.

La deuxième rencontre se passe chez moi. Dans le silence de mes draps de soie. Lui, semble aimer ça. Moi, je ne jouis pas. Nos échanges restent laconiques.

Il ne parle pas. Le mec bosse tellement que, comme un toon voit des étoiles, lui, voit des pizzas.

Sa cadence est dense, il a l'air fatigué. Alors, puisque je suis en vacances, je lui propose de l'aider un peu.

Je m'improvise… « assistante pizzaïola ».

Cette expérience m'amuse et me change de mon environnement affairiste. Je passe les boîtes, dispose les ingrédients, encaisse les recettes. Lui, prend les commandes, étale la pâte et enfourne les pizzas.

Un duo de choc !

Les clients parlent de leur vie, de leurs enfants, de leurs joies, de leurs tourments. Certains connaissent Joël depuis longtemps, des *amis-clients.*

Passé vingt-et-une heures, on remballe le matos. Je compte les recettes et mon coéquipier nettoie.

Il me dépose chez moi, passe en coup de vent, tire son petit coup et repart tout content.

Au bout d'une dizaine de jours, il me surprend en me proposant de dormir chez lui. J'accepte tout de suite ! Nous nous entendons bien, peut-être que ...

Nous choisissons un lundi soir, c'est le seul soir où il ne travaille pas. Il posera sa journée du mardi pour rester avec moi. J'imagine déjà une soirée romantique, entre dîner, massages et petit bain moussant. Je me réjouis surtout à l'idée de « faire connaissance ».

Waouh, après quinze jours de baise, je vais enfin en apprendre sur mon amant !

Fidèle à mes principes, je pose le décor, je répartis les tâches : d'abord, on fait l'amour, histoire de rompre le pain, c'est à dire de se débarrasser de la tentation d'écourter la conversation au moment non opportun (pendant le repas). Il commande des sushis. Chirashi-saumon et salade d'algues pour moi ! Et alors… miracle, ô miracle, on discute ! J'ai hâte de savoir qui il est. J'ai hâte de lui parler de moi, aussi.

Le massage est un peu négligé, mais le câlin est bon. Enfin, je jouis ! Peut-être la perspective d'une soirée romantique me rend-elle plus réceptive à ses caresses ? Il me semble soudain beaucoup plus doux.

Et puis, vient l'heure du bain ! Un vrai ravissement. Conformément à ma demande, il me laisse apprécier, seule, cet instant d'apaisement.

Lorsque je sors de la salle de bain, il lève sur moi un visage rayonnant. Je lui plais, c'est sûr, et il se languit de me découvrir rapidement, autrement que sans sous-vêtements !

71

Je lève les yeux autour de moi. La pièce est sobre, peu décorée, mais très équipée high-tech. Le canapé d'angle sur lequel nous sommes assis, à l'assise confortable, mais abîmée par ses deux gros chiens, est orienté face à un téléviseur géant encadré par des enceintes. Il me semble que je n'ai jamais vu de toute ma vie, hormis au cinéma, d'écran aussi grand.

Chez moi, je n'ai que des livres, rangés dans des bibliothèques.

Je souris. Après tout, ne dit-on pas que les contraires s'attirent ?

Je commence à lui parler, à l'interroger sur ses loisirs. Déduisant, par son attirail, un côté cinéphile, je lui demande quel est son genre de films.

Il ne me répond pas.

Il semble chercher quelque chose, se lève, tourne en rond.

Il s'approche de moi. Je me dis qu'il va m'embrasser, mais alors que j'approche mes lèvres pour recevoir le baiser, il passe sa main derrière mon dos et tire la télécommande.

Je reste coite. J'hallucine, il allume la télé !

Le son retentit sur le générique de *The Voice* !

Bon.

Je réfléchis. Il mange, devant son écran. À présent, nous sommes côte à côte, il ne me regarde plus. J'observe mon chirashi. Au moins, ça a l'air bon.

Je me sens seule, terriblement seule.

Malgré tout, je persévère. Après tout, peut-être a-t-il besoin d'un son de télévision en fond sonore ? Il y a des gens, comme ça…

Je reprends :

— Donc, tu regardes quel genre de films ?

Mon amant ne répond toujours pas.

Peut-être que ma question est trop difficile…

Je simplifie :

— Quelles sont tes passions ?

Et là, il tourne vers moi un regard sévère et me dit :

— Chut !

*What ?* Ce n'est plus une bouche bée, c'est une bouche hébétée que je fais.

Le mec… me demande de me la boucler pour écouter *The Voice*.

— C'est mon émission préférée, reprend-il, comme si j'étais stupide, que je ne comprenais pas.

Bien sûr, c'est naturel d'inviter un « *date* » pour regarder la télé.

Autant vous dire que, dans ma tête, mes petites voix s'agitent.

Quand même, le plat est bon, je finis les sushis en écoutant Jenifer commenter une chanson.

— Je suis fatiguée, j'appelle un taxi.
— Oh, mais déjà ? Tu ne dors pas là ?

Le mec est vraiment surpris. Il a l'air déçu, aussi.

Il ne comprend pas qu'il vient de se faire recaler à l'audition. Mon fauteuil rouge n'a pas pivoté !

# En bon connaisseur

Quand je rencontre un homme sur un site internet, d'un genre différent des autres, j'ai envie de faire les choses bien, c'est-à-dire, d'être originale. Hors de question de passer par la case « café » ou « restaurant » : c'est beaucoup trop bateau !

Le jour où je rencontre Julien, je suis, pour ainsi dire, foudroyée. Par sa photo, d'abord, il faut se l'avouer ! Des yeux bleu turquoise (ce genre de bleu que l'on voit sur les cartes postales montrant des mers paradisiaques), une coupe mauvais garçon, une veste de biker, un regard de star américaine. Par son esprit, aussi… Non, allez, pas de mensonges, peut-être qu'avec son physique, les dés sont pipés : quoi qu'il puisse dire, je le trouve intéressant ! Je salive devant tant d'intelligence.

Donc, je programme LA rencontre. Je me risque à lui proposer quelque chose de différent, quelque chose de marquant, une activité qui tient déjà du domaine du partage : une exposition.

J'ai conscience que c'est une proposition risquée. Tout le monde ne s'intéresse pas à la culture, encore moins sur un sujet aussi ciblé que la photographie documentaire. Encore moins lorsque le photographe est un artiste contemporain innovant et atypique.

Le lieu d'exposition est un espace au carrefour des Arts situé dans le XIXe arrondissement parisien : le CentQuatre. Danseurs, musiciens et acteurs livrent d'impressionnantes performances dans un espace propice à la créativité. Leurs arts se mélangent dans une anarchie artistique ravissante à contempler.

L'endroit est romantique et détendu, esthétique et décalé. Un savant mariage d'histoire et de modernisme.

Julien ne connaît pas le lieu, mais quand je lui ai proposé de se retrouver là-bas, il a tout de suite accepté. Peut-être était-il prêt à toutes les concessions, lui aussi, séduit par mon « profil » ?

Quoi qu'il en soit, je lui donne rendez-vous au métro Stalingrad. Je vois arriver un homme très grand, encore plus beau que sur la photo. Le filtre avait caché ses rides du front et ses petites pattes-d'oie qui soulignent son regard et lui donnent un air vrai : il est réel ! Ce putain de beau gosse existe, pas besoin de me pincer.

Julien sourit comme un con à ma vue, de ce genre de sourire banane qui, en un instant, trahit votre émotion.

Je lui plais !

J'imagine que la réciproque est vraie. Je me sens rougir : j'arbore probablement le même faciès niais.

Étant donné que notre sentiment est partagé, nous ne savons pas très bien comment nous comporter : la bise, on s'embrasse ? Non, trop tôt ! La bise, d'abord.

Je pose une question bateau. Il faut bien commencer par quelque chose.

— Alors, tu ne connaissais pas le CentreQuatre ?
— Non, me répond-il. Pourtant, je suis parisien. Enfin, presque : originaire d'Arcueil.
— Oh ! La dernière ville d'Erik Satie.
— Erik qui ?
— Tu sais, le pianiste…

Il me sourit. Ses yeux brillent, je me vois presque au travers. Oh la la, je fonds. Il ne sait pas, ce n'est pas grave… Passons vite à l'expo. Je vais lui faire découvrir un tas de choses.

Nous marchons côte à côte.

Les rues sont un peu lugubres, mais avec lui près de moi, j'ai l'impression de marcher dans un tableau.

— Je t'emmène voir une exposition de Mathieu Pernot.
— C'est un peintre ?
— Non. Un photographe. Je l'ai découvert au palais de la Porte Dorée, à l'occasion d'une expo sur les Gorgan, une famille de gitans que le photographe a suivie pendant des années…
— J'aime beaucoup ces sujets.
— Ah oui ?

Je le regarde avec intérêt. J'ai envie de l'arrêter là, tout de suite et de l'embrasser. Il est fin et élancé. Il me dépasse de deux têtes. Je m'imagine poser ma tête sur son torse. Je me surprends à me demander s'il a des abdos. Il a dit qu'il faisait de la musculation. Oh ! oui, il a certainement des abdos !

— Oui, la pauvreté, les inégalités, tout ça…
— Moi aussi !

Et paf ! Un point commun. Ah, ah ! je le savais : ce mec est fait pour moi.

— Tu fais quoi dans la vie ?
— Je suis banquière.
— Oh ! Ben ça alors…

Je lui coupe la parole : nous arrivons à destination !

Après avoir présenté nos billets électroniques, nous nous arrêtons à l'entrée de la pièce, devant laquelle a été érigé un faux mur couvert de phrases.

Ce ne sont pas des citations philosophiques. Ce sont des pensées de personnes enfermées et tourmentées.

— Qui a écrit ça ? me demande-t-il.

— Des prisonniers. C'est une exposition sur la prison de la Santé. Mathieu Pernot a parcouru les ruines de ce vieil établissement pénitentiaire, après qu'il eut fermé pour rénovation. Il est entré dans chaque cellule, il a recopié toutes les inscriptions, détaché les affiches, les posters, les photos. Ce sont ces traces de vie qui sont placardées dans cette salle d'expo.

Julien semble fasciné. Il visite la première salle comme un petit garçon dans un parc d'attractions. Il lit toutes les inscriptions, décortique les messages, les photos. Je suis heureuse ! Je suis avec un homme qui, en plus d'être sensible et beau, est réceptif à l'art.

— Tu as l'air d'aimer, lui dis-je.

Il sautille. J'ai encore plus envie de l'embrasser… Je me dis que j'ai de la chance, que ce type est vraiment parfait ! Fait pour moi ! Je ne lui ai pas encore demandé son métier, mais, c'est un grand sensible, c'est sûr ! Je l'imagine enseignant ou éducateur spécialisé.

— C'est vraiment génial, me répond-il. J'adore ! Je suis comme un poisson dans l'eau.

Moi aussi, je suis exaltée. Je ressens la solitude de ces hommes, leurs craintes, leur frustration, leur humanité, surtout. Soudain, quelque chose m'interpelle. Je fais part de mes interrogations à Julien :

— Tiens, c'est bizarre, ils ont tous des photos de présidents, je me demande pourquoi. Regarde, là c'est Chirac, là c'est Sarko…

Julien sourit et me répond avec la plus grande assurance :

— C'est parce que le chef d'État est un héros à leurs yeux.

Je lève un sourcil circonspect.

— Comment ça ?
— Ben, répond-il, c'est simple : il a réussi à se faire élire par tous les Français en jouant du pipeau. Tu crois qu'il est arrivé là comment, le mec ? Il a niqué tout le monde ! C'est le meilleur des escrocs !

Vu sous cet angle, ça devient évident.

Je me dis que Julien est vraiment intelligent. Un sens de la déduction que je n'ai pas. Du coup, je me risque à lui poser une autre question.

— Y a un autre truc bizarre.
— Quoi ?
— Ben, ces trous, là, dans les cartes. Ils ont tous des cartes, et au centre de chacune, il y a un petit trou. C'est pour désigner leur lieu d'origine, à ton avis ?

Julien corrige, avec amusement :

— Mais non, c'est le trou pour le judas !

Je suis impressionnée. Je ne peux m'empêcher de le lui souligner.

— Tu m'épates, dis-je.
— Pourquoi ?
— Tu es plein de logique. C'est toi qui me fais visiter l'expo, finalement !
— Oui, me répond-il, je connais bien l'établissement : j'y ai séjourné.
— C'est-à-dire ? Tu es allé en prison ?
— Oui, ajoute-t-il fièrement, je suis sorti de Fleury-Mérogis il y a tout juste un mois.

# Démasqué

J'ai souvent tendance à me lancer dans des histoires que je sais perdues d'avance. Des histoires tuées dans l'œuf, avec des hommes qui n'ont *aucun*, mais strictement *aucun* point commun avec moi.

Les hommes qui ne partagent pas ma passion pour la littérature, au vu de la place qu'elle prend dans ma vie, peuvent vite devenir un poids. Ma vie avec eux pourrait se résumer ainsi : début de l'histoire… pas d'histoire… fin de l'histoire ! Je finis toujours par me faire chier. Ok, on a fait dix pompes ensemble… et après ?

Non, il me faut des livres, des discussions philosophiques, des hommes qui font des longues phrases, qui réfléchissent, qui lisent. C'est encore mieux s'ils écrivent.

Le problème, c'est que ces intellectuels, physiquement, ne m'attirent pas.

Alors, le jour où mon cœur se met à battre pour un de mes auteurs préférés, alors que nos regards se croisent dans un salon littéraire, je me dis : *Waouh, comme quoi !*

Et voilà que cet homme, cet auteur illustre à la plume ciselée qui, en un regard, m'a pétrifiée, me contacte sur les réseaux sociaux. Cet auteur que ma tête de lectrice avertie a élevé au rang de génie littéraire, tant il dénote à une époque où la plupart des *best-seller* de gare sont des canevas aux schémas industriellement reproduits. Confondue par son allure magnétique, je me dis que c'est un signe. *Oh, Dieu merci, vous êtes trop bon ! Vous m'avez comprise !*

Bien sûr, je joue un peu. Ah oui ? Vous voudriez prendre un café ? Ah, il faut que je consulte mon agenda ! Paraître moyennement intéressée. Sembler occupée. Agenda de ministre. Ouais, pourquoi pas, allez !

Ah bon ? Vous n'avez que le 10 septembre ? Ah, zut, j'avais un rendez-vous ce jour-là. Sinon, dans un mois ? Ah, non, attendez, je me suis trompée, c'était le 11.

D'accord !

Le 10 septembre, je suis surexcitée. J'imagine déjà nos discussions passionnées, autour d'un verre de chablis, à la terrasse d'un café, place du Tertre, les gens viendront demander des autographes et c'est moi qui serais avec lui.

Les jours qui me séparent de cette date me semblent interminables. Entre temps, il m'écrit des messages et je suis étonnée de voir qu'ils se résument en quelques mots. Des onomatopées. Pas même des phrases. Pour un écrivain, c'est un comble !

M'enfin ! Il doit sûrement être occupé à écrire son prochain roman.

Le jour du rencard arrive.

— Vous êtes en retard, me reproche-t-il.

Je garde la tête haute et plonge mon regard souligné de khôl dans ses yeux noirs. Sans m'excuser, je m'assois, fière du brushing impeccable auquel je dois, justement, mon retard.

Le charme opère. Il s'adoucit.

— Je suis heureux de vous voir, me dit-il.

Je tourne la tête à gauche, à droite, surprise qu'autour de nous, personne ne s'intéresse à lui. Ni fan, ni groupie. *C'est ça, les auteurs ?* me dis-je.

Il m'offre son premier livre, qu'il signe d'une dédicace spéciale. Je lui pose quelques questions sur ses œuvres. Ses réponses sont utiles. Dans ma tête d'auteure en herbe, je prends des notes. Étrangement, je ressens une attirance platonique, quelque chose de moins sexuel que mes rencards habituels, quelque chose de plus profond, de plus sensuel. Bref, je l'ai idéalisé !

Il me parle de ses œuvres, de sa vie, puis finalement… de lui.

— Je suis marié, m'avoue-t-il.

À mon air surpris, mais pas choqué (je suis rodée !), il se sent obligé d'ajouter :

— Enfin, nous ne vivons plus ensemble. Nous sommes séparés, de corps. Mais à mon âge, vous savez, le divorce… c'est tellement compliqué !

Je compatis. Je me dis même qu'il a raison. Je lis dans ses yeux la sagesse, la maturité. Encore une fois, je prends des notes.

Son ascension littéraire est une belle histoire, certainement plus belle que sa vie amoureuse. Une femme avec laquelle il ne vit plus, deux enfants désormais grands, une vie calme et plate à la campagne.

Je me réjouis d'avance de mettre un peu de piment à tout ça !

Je me présente, je lui dis que je suis dans le milieu bancaire et que j'écris, moi aussi. Bien sûr, lui, ne m'a pas lue.

Ce que j'écris ? Un peu de tout : des nouvelles, des romans, des comédies, des sketchs, des poèmes aussi. Difficile d'en dire plus, il faudrait, pour me comprendre, qu'il me lise.

Je lui fais lire quelques textes des *C.V.*

> — Je ne vous ai pas posé la question qui tue, dit-il en riant.
> — Tant mieux, lui dis-je, vous ne figurerez pas dans les *C.V.*

Il me sourit.

Visiblement séduit, avec l'envie manifeste de prolonger ce moment, il me demande si je veux commander. Je repère, sur la carte, un plat de risotto.

> — Le risotto est mon plat préféré, lui dis-je.
> — Le mien aussi.

Un autre point commun.

Le serveur apporte un plat de… coquillettes au jambon blanc. Je lui fais part de mon étonnement :

> — Drôle de risotto !

À sa tête, je vois qu'il s'en fout. Il me regarde intensément. Moi je ne m'en fous pas du tout. Mon risotto est tout pourri : je suis déçue ! Putain ! J'imaginais déjà le riz crémeux…

Heureusement, le vin qui accompagne le plat est à la hauteur de son étiquette. Je commence à être pompette.

Je n'ai plus de train après 23 heures. Comme Cendrillon, je dois rentrer avant minuit. Un vrai conte de (Mor) fées. Mon prince charmant me raccompagne à la gare. Nous pénétrons dans le hall, comme dans un bal, masqués, avec quinze minutes d'avance. Nous nous asseyons sur un banc. Tout semble parfait. Pas une ombre au tableau.

Mon prince retire son masque, ôte le mien, caresse ma joue empourprée (l'émotion ou le vin ?) et m'embrasse avec une passion mêlée de tendresse mesurée (ou calculée).

Un instant magique, consacré… que vient gâcher un gros mec baraqué, en tenue de policier.

— Vous comprenez, messieurs-dames, que je vais être obligé de vous verbaliser. Monsieur, vous êtes démasqué.

Le premier autographe arraché à mon auteur préféré est… un putain de PV pour m'avoir embrassée !

# Trop gourmand

C'est quand même bien un truc de mecs de vouloir à tout prix faire la chasse aux fantasmes.

Si encore il n'était question que de lieux insolites, un petit coup au ciné, une petite pipe au volant...

Mais non... il y a des hommes pour qui ça ne suffit pas.

Déjà, il faut souligner que les hommes, prévisibles, ont à peu près tous le même fantasme.

Le premier d'entre eux : faire l'amour à trois. À trois, oui, mais pas avec n'importe qui. À trois dont... deux nanas.

Surtout pas d'homme. Là, ça ne le ferait pas.

« Non, mais chérie, quand c'est avec une autre fille, je ne suis pas jaloux. Et puis, ça sera pour tous les deux. »

Grand sourire de con derrière son idée de merde. Tiens, cadeau !

Pour peu que le mec te compare à la fille en question, tu vas passer le reste de tes jours à pleurer tes kilos.

Quant à la pièce rapportée, sexy, évidemment, elle finit toujours avec le numéro du galant, glissé dans sa main, l'air de rien.

Maintenant, j'ai trouvé la parade.

Quand un homme me parle de triolisme, je réponds :

— Ah oui, je suis d'accord, mais comme je préfère les hommes, faisons plutôt l'amour avec un couple, alors.

Dans 95 % des cas, ça change la donne.

Le fantasme de l'homme n'est finalement plus si important que ça, il passe au second plan.

— Euh, tu sais, chérie, un fantasme peut aussi rester un fantasme.

Petite auréole.

Mais que se passe-t-il si l'homme dit : « oui » ?

Dans un endroit des plus classiques (donc finalement, à l'ère des réseaux sociaux, des plus atypiques), ma salle de sport, je rencontre un charmant jeune homme qui présente toutes les qualités de l'homme grec. Anthony a vingt-huit ans, père célibataire, sportif accompli (il joue au baseball, ce qui n'est pas commun), chercheur en biologie.

Tout tableau de ce genre a évidemment son ombre.

On cherche le loup.

Très vite, mon dandy révèle de vifs penchants candaulistes.

La première soirée, nous la passons en club libertin, avec un ami à lui et une amie à moi qui, manque de chance, ne s'entendent pas.

Le soir suivant, Anthony insiste pour que nous retournions au sauna, où nous rencontrons un couple que nous ne connaissons pas et avec lequel tout se passe bien, cette fois.

Deux jours après, toujours dans le même endroit, je fais la charmante connaissance d'un rugbyman endurant.

Les jours passent et on enchaîne les plans.

Quand mon mec me demande, au bout de quelques semaines, si je suis heureuse avec lui et que je lui dis « non », il s'interroge sur la manière de pimenter – encore plus – notre relation :

— Je ne te fais pas assez l'amour ? Tu ne jouis pas assez ?

— Oh, si ! Pour ça…

— Tu… tu as des fantasmes dont tu ne m'as pas parlé ?

— Un seul. Malheureusement, ça ne sera pas possible avec toi.

— Comment ça ? Mais dis-moi…

— Mon fantasme, c'est faire l'amour à deux !

# De plus… à plus !

Ce soir, je me suis fait plaquer par un de mes amants. Je dois avouer que je prends une claque. Non pas que je sois amoureuse, loin de là.

« Je n'ai pas d'amis, disait Colette, je n'ai que des compagnons de route. »

On s'en remettra !

Mais… tout de même, je trouve le motif quelque peu discutable.

Vous êtes certainement très curieux de savoir comment c'est arrivé.

L'information est tombée comme ça, alors que j'étais dans le train. Je lisais un article sur Joséphine Baker. Vous savez, cette jolie libertine noire, artiste, combattante, résistante, entrée au Panthéon.

On prête à la belle des amours multiples, plusieurs mariages et des aventures avec d'éminents personnages, hommes et femmes du temps de la Belle Époque, ma période préférée ! J'étais absorbée par cette lecture passionnante. L'article évoquait son histoire avec Simenon, l'auteur de *Maigret,* lequel - pauvre de lui - dut s'exiler à Aix pour oublier sa maîtresse.

Je me dis : *Oh ! Le couard ! Il l'a quittée parce qu'il se sentait dominé par sa passion.*

Joséphine, elle, n'a jamais parlé de lui. À croire qu'il l'avait moins marquée.

Je pensais justement à mon amant du moment, Tony, quand je reçus ce message WhatsApp :

*Lui : On se voit toujours samedi ?*

Cela tombait plutôt mal, j'avais d'autres projets que lui.

*Moi :* Non, samedi j'ai club de lecture. Plutôt semaine prochaine.

Je replongeai dans mon article. Après quelques secondes, nouvelle notification :

*Lui : Écoute… on ne se voit pas assez, tu n'es jamais dispo… Je suis triste de te dire ça, mais je pense qu'on va en rester là. J'ai besoin de te voir plus que ça !*

Quand on y pense, c'est un peu con comme réflexion, parce qu'en me plaquant, il me verra encore moins.

# Demande d'infos complémentaires

Avec les réseaux sociaux, on peut retrouver à peu près qui l'on veut : des proches éloignés, des amis perdus de vue… (vous noterez les jolis oxymores).

C'est aussi un bon moyen pour mener son enquête.

Un jour, je reçois un message sur Facebook d'une jeune femme inconnue au bataillon, jolie blonde, qui se présente avec beaucoup de délicatesse.

*Laura Romanet* : « Bonjour, excusez-moi de vous déranger, mademoiselle (indication temporelle : oui, à cette époque on m'appelait encore mademoiselle), je sais que mon approche va vous paraître bizarre, mais voilà, je m'appelle Laura et je vis avec quelqu'un depuis sept ans. Ça ne se passe pas bien dans mon couple en ce moment […]

À ce moment de ma lecture, je suis en train de me demander où j'ai bien pu préciser, sur mon profil, que j'étais psychologue…

[…] et je sais que mon copain peut être tenté de me tromper. D'ailleurs il l'a peut-être déjà fait. Je sais que ce n'est pas bien, mais j'ai fouillé dans son téléphone et j'ai trouvé votre numéro et, même s'il a effacé les messages, il a mis un petit cœur à côté de votre nom. Si vous vouliez bien me donner une petite info, je ne vous en voudrais pas, je ne vous jugerais pas, je veux juste savoir ce qui s'est passé, si vous avez couché ensemble, s'il m'a trompée. J'ai besoin de savoir, car je ne peux plus vivre dans l'incertitude ni dans l'angoisse. »

Je suis profondément gênée par ce message inopiné. Le problème, ce n'est pas que je ne veuille pas la renseigner, c'est que moi aussi, j'ai besoin d'infos complémentaires. Ainsi, je réponds :

« Je veux bien vous aider, mais juste… dites-moi, votre copain… c'est qui ? »

# Game over

Dans un précédent texte, je vous ai parlé de mon rapport sceptique aux prouesses « d'endurance ». Je vous ai dit que les hommes endurants étaient un vrai calvaire.

Je me dois de nuancer mes propos.

Non pas que je vous aie menti : dans la majorité des cas, ça l'est. Mais il faut quand même avouer que ce n'est pas toujours vrai.

Il y a des hommes d'exception avec lesquels, dans des moments de grande forme, on a bien envie de remettre le couvert.

Moi, j'aime les hommes charmants, attentionnés et tendres. Quand je rencontre un homme de ce genre, qui en plus sait s'y prendre, eh bien parfois, j'admets, j'en redemande !

Alors quand un beau policier d'origine africaine aux lèvres pleines et au regard de braise m'annonce, à la fin d'un premier round digne d'un *Sex Fighter* :

— Je pourrais te faire l'amour toute la nuit.

Mon corps frémit et ma bouche gémit.

*Oh oui !*

Frustré dans sa vie de couple, mon amant, dont les rapports étaient devenus, au fil des années, quasi inexistants, vit une jeunesse nouvelle et me le dis fièrement.

En même temps, il a des arguments : taillé dans le roc, fort bien monté, quelques années de moins que moi.

Alors, je le prends au mot. Parce que c'était trop bon. Parce que j'en veux encore, vraiment !

Je l'embrasse avidement, provoque un second round.

Ses mains suivent le mouvement.

La tension monte et le désir reprend, plus fort encore que l'instant précédent.

Ses yeux sont comme deux lames pénétrantes, sa peau est brûlante, la lave d'un volcan.

Je brûle d'un feu ardent.

Et puis, soudain…

— Aïe, aïe…

Mon amant hurle, s'interrompt, se retire, laisse une jambe en suspens.

— Qu'y a-t-il ?
— Une crampe ! répond-il en souffrant.

Je le regarde, figée, coupée dans mon élan.

Il a l'air tout rouillé.

— Mais… tu ne venais pas de dire que tu pourrais faire l'amour toute la nuit ? Et tu t'arrêtes au *second round* ?
— Non… ce n'est pas une question de vigueur… c'est juste... un problème d'hydratation !
— D'hydratation ?
— Oui, je ne bois pas assez.

Allez, la prochaine fois, je lui sers un grand verre d'eau, avant !

# Protection renforcée

Un truc que j'ai pu constater, depuis cette foutue Covid, c'est que, chez les célibataires, la meute des hypocondriaques s'est sensiblement renforcée (au même titre que le clan des divorcés chez les couples mariés).

Mais cette croissance ne s'est pas faite d'un bloc. L'évolution a été progressive, en plusieurs phases.

D'abord, les célibataires se sont retrouvés seuls. Vous m'objecterez qu'ils l'étaient déjà, ce à quoi je répondrai : « Oui, mais ils baisaient quand même ! » L'attestation a rendu les choses, disons… un peu plus compliquées. L'outil de géolocalisation devait s'arrêter dans un rayon de 1 km. Pour les Parisiens, ça peut encore le faire (quoique bon nombre de célibataires étaient partis se réfugier chez leur mère, mais admettons). Mais pour un célibataire résidant dans une bourgade comme Fourmillac[2] ? Ah ! Vous ne connaissez pas ? Voilà, vous avez compris. Je n'ai pas choisi cet exemple au hasard. J'ai été, il fut un temps, célibataire dans cette commune. Je ne vous raconterai pas comment j'en suis arrivée là, c'est folklorique. Même Sabrina[3] n'a jamais vécu ça. Bref, revenons à nos moutons. Pendant cette période, les hommes sont progressivement devenus… insupportables. À la vue d'une femme, ils accouraient en version « vieille drague », oubliant les ardentes leçons de propagande antidrague et laissant leur dignité dans leur sac. Oh ! Une femme ! Les femelles devenant

---

[2] Il se pourrait que Serena fasse référence à une certaine ville bretonne dans laquelle elle aurait emménagé « par accident ».
[3] L'auteure fait référence à l'héroïne de la série *Les chats,* comédie romantique en 3 tomes dont le 1er, *Les chats retombent toujours sur leurs pattes*, est paru en décembre 2020.

spécimen rare, il fallait agir vite si l'une d'elles apparaissait dans leur viseur.

Le dragueur surgissait n'importe où, au supermarché, dans la rue ou encore à l'église, seul monument visitable qui ne sortait pas de la zone de sortie autorisée. Si, si, ça m'est arrivé !

— Vous priez ?

Et là, si vous vous rappelez cette réplique de Quentin de Montargis dans le film *Tais-toi,* vous avez juste envie de répondre :

— Non, je chie, connard !

Bref, restons polis. Pas de vulgarité S.V.P.

La drague était redevenue lourdingue. Retour à la case départ. Le clip d'Angèle aurait mérité quelques nouveaux visionnages.

Et puis vint le déconfinement. Délivrance, libération totale. Hommes et femmes s'en sont livrés à cœur joie. Tous, moi la première, à courir tels des chiens haletants. C'est à cette étape-là que se passe mon histoire. La troisième phase, je vous la donne après.

Un peu de suspense.

Sur Tinder, ou ailleurs, je ne sais plus (j'étais partout en mode « identité multiple », brune, blonde ou rousse, de 50 à 90 kg), peu importe, je rencontre Florian. Le mec est physiquement intelligent, torse gourmand, tablettes parfum chocolat blanc (j'aime les trois). En plus, très à cheval sur l'hygiène et ça, c'est très important.

Très vite, après quelques jours d'appels, d'échanges de textos, etc., histoire de se dire que l'on se connaît un peu, on fixe un rendez-vous coquin. On se plaît, on ne sait pas ce que demain nous réserve (reconfinement ?) et, surtout, on n'a pas fait l'amour depuis des années-lumière alors bon… et puis, on fait ce que l'on veut, ne nous justifions pas.

Florian est très précautionneux.

C'est donc naturellement qu'il me demande :

— Tu as fait un test ?
— Oui. Négatif.
— Ah, d'accord. Tu l'as fait quand ?
— Vendredi.
— Ah, il y a quatre jours, donc. Bon, c'est un peu loin, mais ça ira. T'es toujours en télétravail ?
— Euh… partiellement.
— Ah, mince. Donc, tu vois des gens.

Vous comprenez bien que le mec commençait à être vraiment chiant. Mais si vous aviez vu ses photos, vous seriez comme moi, après trois mois d'abstinence forcée : très patiente et indulgente.

— Bon, lui dis-je, on se voit, oui ou non ?

Le jour J, il apparaît plus canon que sur les photos. Je suis sous le charme dès qu'il ouvre la porte.

Mais pour la franchir, il faut montrer patte blanche.

— Tu as touché les portes ?
— Non, j'ai traversé les murs.
— Non, je suis sérieux, tiens, mets du gel. Mais avant, retire tes chaussures, il y en a peut-être sous les semelles !
— De quoi ?
— Ben… du virus !

Mon bel hypocondriaque me passe au détecteur de virus. Un vrai contrôle douanier.

— C'est bon, tu peux entrer.

En revanche, son appartement est loin d'être aussi propre que mes mains après leur triple décapage.

Il revient avec une serviette :

— Tiens, pour ta douche !

Ça devient vraiment inquiétant. Il me passe au Karcher, maintenant.

Et puis, vient l'épreuve du lit.

Là, le vaurien se jette bestialement sur moi. La langue ne craint pas les microbes ou quoi ?

Mais il y a pire, parce qu'au moment de passer à l'acte, il me lance :

— Ça ne te gêne pas si je ne mets pas de capote ? J'ai un peu de mal avec le plastique !
— Ah, si, ça me gêne beaucoup, figure-toi, on arrête là !

Petite leçon d'hygiène, mon gars : la protection renforcée... c'est jusqu'en bas !

# Après l'effort…

On arrive à la fin de ce petit manuel de survie. Je vous avais dit que l'on se marrerait.

J'aurais pu arrêter mon histoire ici, si je ne vous avais pas promis de vous donner la 3e étape de l'évolution de l'humanité post-Covid.

Eh bien, croyez-moi (ou pas), cette étape, c'est la recherche d'un partenaire stable, la vie de couple, posée et durable. Après tous ces déboires, célibataires et vieux couples (ou jeunes couples d'ailleurs) en fin de parcours ont réalisé toute l'importance des relations à deux.

La plupart des gens se sont donc mis en quête d'une belle alliance, rêvant d'un complice tour à tour concubin, ami et amant. Les tentations polyamoureuses ont laissé place aux promesses enchanteresses d'une vie « planqués à deux sous les draps ».

Mon conjoint et moi n'avons pas échappé à cette règle-là et ne le regrettons absolument pas. Pour le moment, du moins.

Et croyez-moi, la vie à deux, ce n'est pas si triste que l'on croit.

— Du moment que je ne finis pas dans un de tes livres…

Hum… il me semble avoir déjà entendu ça…

Et vous, vous en pensez quoi ?

Vous avez aimé ce livre ?

Soutenez votre auteure en partageant votre ressenti sur les plateformes et les réseaux sociaux

Restez connectés !

*« Parce que mes lecteurs sont mes meilleurs ambassadeurs. »*

Serena Davis

# De la même auteure

## Feel-good :

*Les chats retombent toujours sur leurs pattes* (2020)
*Les pendules ne sont pas toujours à l'heure* (2021)
*Alerte à l'Ehpad* (2022). (Sudarenes editions)

## Roman :

*Nos vies à la dérive. La croisée des naufrages* (2021)

## Thriller :

*Psychoses* (2022) (Pln)

© SUDARENES EDITIONS
Dépôt légal : second semestre 2022
ISBN : 9782374643939
Directeur de Publication : David Martin
www.sudarenes.com
www.sudarenes.fr